Rudolf Gebhardt
Ein Dieb kommt selten allein

AF235702

Rudolf Gebhardt, Jahrgang 1960, studierte nach dem Abitur Mathematik, absolvierte eine Ausbildung zum examinierten Altenpfleger und kehrte schließlich wieder zur Mathematik zurück. Bereits in jungen Jahren verfasste er kleine Hörspiele und Kurzgeschichten. Es erfolgten daraufhin diverse Publikationen in Science-Fiction-Anthologien. Seit etlichen Jahren veröffentlicht Rudolf Gebhardt Kurzgeschichten und Kurzromane in diversen Zeitschriften. Er ist seit Jahren Co-Autor in der Reihe "Heimatkrimi" in der bekannten Fernsehzeitschrift "auf einen Blick", die mit einer Auflage von 1,2 Millionen Exemplaren bei Bauermedia erscheint und mehr als 3 Millionen Leser hat.

Neben seiner schriftstellerischen Tätigkeit arbeitet der Autor schon seit Jahren als Mathematik-Coach im Nachhilfebereich und lebt mit seiner Familie auf einem ehemaligen Bauernhof in der Fränkischen Schweiz. Rudolf Gebhardt ist Mitglied im Science Fiction Club Deutschland.

Rudolf Gebhardt

Ein Dieb
kommt selten allein

30

heitere Kurzkrimis

Bibliografische Information der Deutschen Nationalbibliothek:
Die Deutsche Nationalbibliothek verzeichnet diese Publikation
in der Deutschen Nationalbibliografie; detaillierte
bibliografische Daten sind im Internet über http://dnb.dnb.de
abrufbar.

Herstellung und Verlag: BoD – Books on Demand,
Norderstedt

Impressum:
1. Print Auflage | November 2021
Copyright ©2021 Rudolf Gebhardt, Ebermannstadt
und Literarische Agentur HML-Media Nürnberg
Herausgeber: HML-MEDIA-EDITION, Nürnberg
Siemensstraße 47, D-90459 Nürnberg
www.hmlmedia.de
Cover©2021Niklas-Philipp Gertl, Wien
www.ebook-illustration.de
Lizenzvergabe auf Anfrage.
Nachdruckdienst HML-Media Nürnberg
Alle Rechte vorbehalten!
Auch als E-Book bei Kindle Amazon erhältlich!
ISBN: 978-3-7557-1485-9

Inhaltsverzeichnis

BLINDE WUT TUT SELTEN GUT

Dingolfing
Donnerstag, 17. Dezember,
von 16.35 Uhr bis 17.51 Uhr

Weihnachten zu Hause! Gut gelaunt strebte Bruno vom Bahnhof in Dingolfing in Richtung seines Reihenhauses. Seine Frau würde bestimmt überrascht sein, dass er schon zwei Tage früher da war. Aber sie hatten auf der Baustelle tüchtig rangeklotzt und deswegen konnte der Montageeinsatz früher beendet werden. Bruno freute sich jetzt auf die Weihnachtstage mit seiner Frau. Endlich mal wieder einen ordentlichen Schweinebraten mit Klößen anstatt der ewigen Semmeln mit Leberkäse. Vielleicht fanden er und Beate sogar Zeit, ein Spiel des Eishockeyvereins EV Dingolfing zu besuchen.

Als Bruno in die heimatliche Straße bog und in der Dämmerung das gemütliche Reihenhäuschen auftauchte, fielen ein paar Schneeflocken vom Himmel. Beate hatte die Fenster zur Straße hin mit leuchtendem Weihnachtsschmuck dekoriert. Bruno wurde es richtig warm ums Herz.

Aber was war da los? Vor dem Haus stand eine

dieser protzigen Geländelimousinen, wie sie von der ansässigen Automobilindustrie gebaut wurden. Gerade stieg der Fahrer aus, ein elegant gekleideter Mann mittleren Alters. Bruno verbarg sich hinter einem Baum am Straßenrand und beobachtete. Der fremde Mann erreichte die Haustür und klingelte. Kurz darauf schwang die Tür auf und Beate, Brunos Frau, erschien. Was dann geschah, brachte Brunos Blutdruck in grenzwertige Bereiche. Mit einem Jubelschrei begrüßte Beate den Schnösel, ja, sie fiel ihm sogar um den Hals. Dann nahm sie ihn an der Hand und zog ihn ins Haus.

Bruno hatte alles mit wachsendem Zorn beobachtet. Er kochte vor Wut und Eifersucht. Da rackerte er sich wochenlang auf Baustellen ab, um die Raten für ihr Eigenheim zusammenzubekommen und das war der Dank dafür! Seine Beate ging fremd. Und noch dazu mit so einem blasierten Schönling. Der hatte bestimmt in seinem Leben noch keine Schaufel in der Hand gehabt. Wahrscheinlich hatte Beate sein Auto imponiert. Sie hatte ja eine Schwäche für große Autos. Leider hatte das Geld nie für so eine teure Anschaffung gereicht. Da hätte höchstens ein Lottogewinn geholfen. Na warte – Bruno würde seiner Frau schon zeigen, was so eine Luxuskarosse wirklich wert war!

Schnellen Schrittes stapfte er durch den Schnee

zum nahe gelegenen Baumarkt. Kurz vor Laden-schluss waren nicht mehr viele Menschen da. Ziel-strebig steuerte Bruno die Werkzeugabteilung an. Mit finsterem Gesichtsausdruck suchte er zunächst nach dem größten Vorschlaghammer, den er finden konnte. Danach besorgte er sich noch einen stabilen, überdimensionalen Schraubenzieher.

Die Kassiererin sah ihm neugierig zu, wie er mit vor Zorn glitzernden Augen seinen Einkauf auf das Förderband knallte.

„Was gibt's da zum Glotzen!", fauchte er die Kassiererin an, die sofort den Blick abwandte und die Schultern einzog. Bruno nahm den Vorschlag-hammer in die rechte Hand und den Schraubenzie-her in die linke. So bewaffnet stampfte er aus dem Baumarkt in den stärker werdenden Schneefall. Der Baumarkt war gleich um die Ecke, sodass es nur we-nige Minuten dauerte, bis Bruno wieder vor Ort war.

Inzwischen war es dunkel geworden. Der Schnee fiel in dichten Flocken vom Himmel. Die Straßen in der Siedlung waren verlassen. Die Menschen saßen alle in ihren gut geheizten Wohnzimmern vor dem laufenden Fernseher beim Abendessen. Der Gedan-ke ließ Brunos Bauch knurren. Auch er hatte Hun-ger. Aber die Brotzeit musste warten. Vorher hatte er noch etwas zu erledigen.

Der nigelnagelneue Geländewagen stand immer

noch vor der Tür. Das Schneetreiben wurde immer stärker. Auf dem Geländewagen hatte sich schon eine ansehnliche Schneehaube gebildet.

Man konnte nur ein paar Meter weit sehen. Sehr gut, dann würde niemand seine Tat bemerken. Mit ordentlich Wut im Bauch ließ Bruno zunächst den Vorschlaghammer auf Fenster und Karosserie krachen. Zähneknirschend musste er feststellen, dass der Wagen wirklich sehr robust war. Er benötigte mehrere Schläge und seine ganze Kraft, bis die Windschutzscheibe endlich zersplitterte.

Als Nächstes donnerte er den Vorschlaghammer so lange auf die Motorhaube, bis sie völlig verbeult aus dem Schloss sprang und weit offenstand. Mit beiden Händen rupfte er Schläuche und Kabel aus dem Motorraum und verteilte sie gleichmäßig auf dem Autodach.

Dann rammte er den Schraubenzieher nacheinander in alle vier Reifen. Mit einem vielstimmigen Pfeifen ging der Wagen in die Knie. Schwer atmend, aber zufrieden, betrachtete Bruno dann das Ergebnis seiner Zerstörungswut. Der Komfort-Geländewagen war im Eimer! Mit dem Wrack konnte man höchstens noch einen Schrotthändler beeindrucken.

Nachdem er so Dampf abgelassen hatte, fühlte sich Bruno etwas ruhiger. Er verstaute das Tatwerkzeug in der hintersten Ecke der Garage. Jetzt musste er nur noch den Rivalen rauswerfen. Brunos Wut war einigermaßen verraucht, aber um jemanden an die frische Luft zu setzen, würde sie noch ausreichen. Er sprang ein paarmal auf und ab und boxte einige Schläge in die Luft, um locker zu werden. Dann kramte er den Haustürschlüssel aus seiner Hosentasche, krempelte die Ärmel hoch und stampfte zur Haustür.

Anscheinend hatte Beate den Schlüssel im Schloss gehört, denn als Bruno mit finsterer Miene in den Flur trat, erwartete sie ihn schon freudestrahlend. Bruno staunte über ihre Verstellungskünste.

Stürmisch umarmte sie ihn. „Bruno, wie schee, dass d' scho da bist!"

Sie hatte ihr schönstes Kleid an, was Brunos Wut wieder zum Lodern brachte.

„Wo is der Bazi?", brummte er und schob Beate von sich weg. Dann riss er die Tür zum Schlafzimmer auf. Da war niemand. Beate war ihm gefolgt.

„Der Bazi?" Sie lachte fröhlich. „Den host ganz knapp verpasst. Schau mal her, wos i do hob!" Sie wedelte mit einem Autoschlüssel. „Der Bazi woar der Geschäftsführer vom Autohaus. Stell dir vor! Mir hom in der Weihnachtslotterie a Auto gwunna. Oan super Geländewagen!"

VERGIFTETE BEZIEHUNGEN

Bad Pyrmont,
Wandelhalle im Kurgarten
Samstag, 7. November,
von 8.24 Uhr bis 9.05 Uhr

So lässt sich das Leben aushalten." Ilse nickte Biggi freundlich lächelnd zu. Sie saßen an einem der Tische, die in der Wandelhalle der Kuranlage von Bad Pyrmont aufgestellt waren. Biggi schenkte Ilse ebenfalls ein strahlendes Lächeln. Ilse wandte den Blick von ihr ab und sah durch die raumhohen Fenster nach draußen. Es war einer dieser trostlosen Novembertage, aus den dichten Wolken fielen gerade wieder einige Tropfen. Auf dem Gelände der Kuranlage waren kaum Leute unterwegs, stellte Ilse zufrieden fest. Auch die Wandelhalle selbst war so gut wie menschenleer. Es würde also kaum Zeugen geben.

Sie sah wieder zu Biggi. Die hübsche, blonde Frau hatte sie nicht aus den Augen gelassen und verzog jetzt den Mund zu einem spöttisch wirkenden Lächeln. Ilse hatte Mühe, ihre Abneigung zu überspielen. Als ihr Mann diese falsche Schlange vor einigen Monaten in der Apotheke als Assistentin eingestellt hatte, hatte Ilse sie auch noch ganz nett gefunden. Biggi war fleißig und zu jedermann freundlich. Besonders freundlich aber zu ihrem Chef, dem Apotheker, Ilses Ehemann. Bald hatte Ilse bemerkt, dass Biggis Freundlichkeit auch andere Zuwendungen beinhaltete. Die beiden verbrachten auffallend viel Zeit im Medikamentenlager. Biggis Frisur war danach regelmäßig in Unordnung geraten, genauso wie ihr Lippenstift, was Ilses Eifersucht immer mehr anfachte. Sie ließ sich zwar nichts anmerken, aber innerlich kochte sie vor Wut. Die beiden dachten anscheinend wirklich, sie würde nichts bemerken. Als ihr Mann ihr sein Verhältnis beichtete und ihr mitteilte, dass er sich scheiden lassen wollte, hatte Ilse schon längst ihren Plan fertig, wie sie die Nebenbuhlerin aus dem Weg schaffen konnte.

Auch jetzt tat Biggi immer noch freundlich, obwohl sie ihr den Ehemann aus-spannen wollte. Aber damit würde bald Schluss sein. Ilse hatte alles vorbereitet. In ihrer Handtasche wartete das Pillendöschen mit dem Herzmedikament auf seinen Einsatz. In geringen Mengen konnte das Mittel Leben retten, überdosiert war es tödlich. Ilse hatte Biggi gebeten, sich mit ihr in der Wandelhalle zu treffen, um sich in entspannter Atmosphäre einmal auszusprechen. Aber der eigentliche Grund war, dass Ilse hier eine günstige Möglichkeit sah, die Assistentin zu vergiften.

Noch einmal blickte sich die Apothekerin um. Jetzt war die Gelegenheit günstig. Sie musterte ihr Gegenüber und setzte eine besorgte Miene auf. „Du bist heute etwas blass um die Nase, meine Liebste. Wir Frauen leiden ja öfter mal an Eisenmangel. Das Wasser der Helenenquelle ist sehr eisenhaltig. Warte, ich hole dir einen Becher voll."

Sie schnappte sich ihre Handtasche und verschwand in dem Säulengang, wo sich in einiger Entfernung die Heilquelle befand. Sie füllte eines der Gläser, die dort bereitstanden. Niemand sah, wie sie ihre Handtasche öffnete und den Inhalt des Pillendöschens in das Glas schüttete. Die kleinen Tabletten lösten sich gut auf. Mit dem Glas in der Hand trat sie kurz darauf wieder an ihren Tisch und stellte das Getränk vor Biggi ab. Zufrieden stellte sie fest, dass sich das Medikament darin restlos aufgelöst hatte.

„Schluckweise trinken", riet sie in mütterlichem Ton.

Biggi betrachtete das Glas amüsiert. „Das soll helfen?"

„In deinem Fall bestimmt." Inge holte eine kleine Thermoskanne aus ihrer Handtasche. „Ich bevorzuge bei diesem nasskalten Novemberwetter einen Schluck heißen Tee." Sie füllte den Verschluss der Kanne, der als Trinkbecher diente, und kramte dann nach ihrem Süßstoff. Dann süßte sie den Tee ausgiebig und nippte daran. Dabei beobachtete sie unauffällig ihre Begleiterin. Die hatte ihren Rat nicht befolgt und das Wasser auf ex gekippt. Jetzt lehnte sie sich bequem in dem Rattansessel zurück.

„Wie ist dein Tee?"

„Nicht süß genug", brummte Ilse und süßte nach. Dabei schielte sie immer wieder zu der jungen Rivalin. Langsam musste das Gift doch wirken.

„Wartest du auf irgendetwas?", fragte Biggi und grinste unverschämt. „Lass mich raten. Du hast mein Wasser vergiftet und nun willst du sehen, wie es mich umbringt."

„Wie kommst du denn auf so eine absurde Idee?" Ilse begann zu schwitzen.

„Weil ich dich in der Apotheke beobachtet habe, wie du etwas von dem Herzmedikament abgezweigt hast. Und ich hab sogar gehört, wie du gemurmelt hast, dass die liebe Biggi jetzt dran wäre. Ja, ich weiß, dass du mich hasst." Biggi war nun gar nicht mehr freundlich. Ilse schnappte nach Luft. Sie schwitzte jetzt noch mehr und ihr wurde schlecht.

Aber Biggi war noch nicht fertig. „Im Gegenzug habe ich deinen Süßstoff mit reichlich Wirkstoff aus der Herbstzeitlosen versetzt. Du müsstest es eigentlich schon merken." Sie war jetzt nicht mehr blass, sondern hatte einen roten Kopf bekommen und sah gar nicht mehr hübsch aus. „Du hättest dich nicht mit mir anlegen sollen."

Um Ilse begann sich alles zu drehen. Warum nur wirkte das Herzmittel bei Biggi nicht?

„Die Pillen aus deinem Döschen habe ich gegen wirkungslose Placebos ausgetauscht", schnappte Biggi mit verzerrtem Gesicht und starrte sie aus hervortretenden Augen an. „Mir kann also nichts passieren."

„Das glaubst du nur", krächzte Ilse. Am liebsten hätte sie gelacht, aber es gelang ihr nicht. „Ich hatte das Döschen verlegt. Deswegen musste ich mich ein zweites Mal am Giftschrank bedienen. Und dabei hast du mich nicht beobachtet!" Dann wurde ihr schwarz vor Augen und sie sank zusammen. Sie sah gerade noch, wie Biggi sich an die Brust griff und ebenfalls umkippte.

DER GOLDENE ADLER

Oberstdorf,
an der Heini-Klopfer-Flugschanze
Freitag, 29. Dezember,
von 21.53 Uhr bis 22.38 Uhr

Die Schatten der Nacht hatten sich über das verschneite Oberstdorf gesenkt. Hoch ragten die Umrisse der Heini-Klopfer-Schanze in den Winterhimmel, von dem immer noch vereinzelte Schneeflocken fielen. Am Nachmittag hatte hier die Qualifikation zum Auftaktspringen der Vierschanzentournee stattgefunden und das Gelände war voller Menschen gewesen. Doch jetzt war es still geworden. Die zahlreichen Zuschauer waren nach Hause gegangen. Die Skispringer erholten sich in ihren Quartieren und die Reporterschar machte die Oberstdorfer Innenstadt unsicher.

Aber im Containerdorf der Schanzenanlage waren doch noch drei massige Gestalten unterwegs. Zwei von ihnen zogen beladene Schlitten hinter sich her. Es waren Wastl, Bruno und Bauchi, die „Drei Ranzen", wie sie sich selbst wegen ihrer Leibesfülle nannten.

„Und du weischt, wo der Adler isch, Wastl?", fragte Bruno und zog seinen Schlitten schnaufend über einen Baumstumpf. Durch die Anstrengung war seine Pudelmütze tief in die Stirn gerutscht. Wastl nickte und brummte nur. Er hatte die Idee gehabt, sich dem ehrenamtlichen Helferteam des Skiclubs anzuschließen. So hatten sie in Ruhe ausspionieren können, wo die Siegprämie der Vierschanzentournee aufbewahrt wurde.

Der goldene Adler! Bei den Vorbereitungen war das Gespräch unter den freiwilligen Helfern auf das Thema gekommen. Einer der Männer hatte Wastl mit ernster Miene und weit aufgerissenen Augen bestätigt, dass die Trophäe tatsächlich aus purem Gold sei. Das hatte Wastl hellhörig werden lassen. Die nächste Zeit hatte er darüber nachgedacht, wie er den wertvollen Vogel an sich bringen konnte. Den ganzen Nachmittag hatte er die glänzende Trophäe nicht mehr aus den Augen gelassen.

Und nach der Qualifikation hatte er beobachtet, in welchen Container der Adler gebracht worden war. Das würde einfacher sein, als er eigentlich erwartet hatte. Einen Container aufzumachen, war ein Kinderspiel. Voller Vorfreude auf die reiche Beute rieb Wastl die Handschuhe aneinander. Dann trieb er seine beiden Kumpane zur Eile an: „Mir müsse schnell sei. Sonscht laufe mir noch dem Wachpersonal über den Weg."

„Und an wen willst des Ding verkaufe?", wollte

Bauchi wissen und kniff verschwörerisch die Augen zusammen. „An die chinesische Mafia?" Auf seinem Schlitten befand sich ein Rucksack, aus dem ein Bolzenschneider ragte.

„Der Adler wird eingeschmolzen", erklärte Wastl. „Und dann nach und nach verkauft." Er hatte sich alles genau überlegt. In den vielen Jahren seiner illegalen Tätigkeiten hatte er genügend Kontakte zur Unterwelt geknüpft. Darunter befanden sich auch der eine oder andere Hehler seines Vertrauens.

Wastl war der Chef der „Drei Ranzen". Sie waren jedes Jahr bei allen Stationen der Vierschanzentournee dabei und nutzten das allgemeine Getümmel für Taschendiebstähle und andere Gaunereien. Die Sache mit dem Adler war aber ein ganz anderes Kaliber! Wenn das klappte, konnten sie sich für eine Weile zur Ruhe setzen.

„Wir sind da!" Wastl schob sich die Pelzmütze in den Nacken und sah sich um — vom Wachpersonal keine Spur. Wahrscheinlich saßen sie wie jeder andere normale Mensch in einer kalten Winternacht lieber in der warmen Stube und machten es sich bei einer Tasse Glühwein gemütlich.

„Aufmachen!" Er gab Bauchi einen Wink. Der machte sich mit dem Bolzenschneider ans Werk und im Nu war der Container offen. Wastl stand Schmiere, während die beiden anderen im Container verschwanden, um den Adler zu holen.

„Ganz schön schwer!", meldete Bruno, als die beiden das Diebesgut zunächst in einen Plastiksack packten und dann auf Brunos Schlitten schnallten.

„Klar isch des schwer!" Wastl rieb sich die Hände. „Des isch pures Gold!"

Wastl sicherte noch einmal in alle Richtungen, dann machten die drei sich auf, um ihre Beute in Sicherheit zu bringen. Sie stapften durch den Schnee zu dem nahegelegenen Wäldchen, die Schlitten im Schlepptau. Die Strecke war holprig, steil und immer wieder lauerten Felsbrocken unter der Schneedecke.

„Vorsicht! Da geht's bergab!", warnte Wastl – aber da war es schon zu spät. Durch das Gewicht hatte sich der Schlitten selbständig gemacht und als Bruno versuchte, ihn aufzuhalten, kippte der Schlitten um und der Rucksack knallte direkt auf einen Stapel Holz, der am Waldrand aufgeschichtet war.

„Idiot", zischte Wastl. „Pass doch auf!" Er half Bruno, den Schlitten wieder aufzurichten. Der Rucksack war zwar noch festgeschnallt, aber als Wastl ihn zurechtrückte, klapperte etwas darin. Er öffnete den Rucksack, fasste hinein – und zog einen abgebrochenen Adlerflügel heraus. Die Bruchstelle schimmerte hell. Wastl fluchte herzhaft. Was war da los? Gold zerbrach doch nicht einfach so.

„Vielleicht Weißgold?", vermutete Bruno mit einem unsicheren Grinsen.

„Noi, des isch Gips, mit a bissle Blattgold auße rum!", ertönte da eine Stimme hinter ihnen. Plötzlich sahen sich die „Drei Ranzen" vom Wachpersonal umringt. „Der Adler ist nur Dekoration! Der echte ist natürlich im Safe!"

SCHLAF, RUPERT, SCHLAF

Trier,
Brunnenhof neben der Porta Nigra
Sonntag, 18. September,
von 15.21 Uhr bis 15.58 Uhr

Es passierte beim Refrain von „Eviva Espana". Das Publikum war immer mehr in Schwung gekommen und einige Zuhörer wiegten schon die Köpfe im Takt der Melodie. Ich hatte mich gerade darauf konzentriert, die richtige Tonhöhe für die dritte Chorstimme zu finden, als Rupert, unser neuer Solosänger, immer leiser wurde.

Unsere Chorleiterin warf ihm strafende Blicke zu, dirigierte aber fleißig weiter. Auch die anderen Chormitglieder sahen sich fragend an. Der eine oder andere geriet dabei leicht aus dem Takt. Der Hintermann von Rupert versetzte ihm schließlich einen kleinen Stoß, um ihn daran zu erinnern, dass hier kein Schlaflied vorgetragen wurde. Schließlich waren wir hier, um den alljährlichen Wettstreit der Trierer Gesangsvereine zu gewinnen.

Ruperts Reaktion auf den harmlosen Stoß war überraschend. Er schwankte und sank schließlich zu Boden. Da lag er – regungslos. Der Gesang des Chors verebbte und wurde nach und nach von dem aufgeregten Getuschel der Zuhörer des Trierer Brunnenhofkonzerts übertönt.

Ich verließ meinen Platz und eilte sofort zu dem besinnungslos daliegenden Rupert, um zu helfen. Die attraktive Chorleiterin war schon bei ihm und tätschelte ihm zaghaft die Wangen. Ruperts Frau Heike, die in der ersten Zuschauerreihe gesessen hatte, war mit einem entsetzten Schrei ebenfalls aufgesprungen und auf die Bühne gerannt. Dort drängte sie die Chorleiterin zur Seite.

„Lasse Se mich durch", raunzte sie. „Dat is immer noch mei Mann." Die stark geschminkte Leiterin sah sie zweifelnd an.

„Ei, vorhin hat sich des abber andersch angehört", gab sie schnippisch zurück. Tatsächlich hatte es kurz vor dem Auftritt einen handfesten Streit zwischen Rupert und seiner Frau gegeben. Heike war außer sich gewesen. Ich hatte sie noch nie so wütend gesehen. Dass er ja seine Finger von der lackierten Tussi lassen solle - damit hatte Heike die Chorleiterin gemeint. Und er werde sich noch wundern, zu was sie alles fähig wäre.

Im Augenblick richtete sich ihr Zorn aber vor allem auf die Chorleiterin. Die wiederum ließ sich von Heike nichts gefallen. Dabei vergaßen die beiden völlig den Sänger, der immer noch am Boden lag. Während sich die Frauen noch zankten, hatte ich mich über Rupert gebeugt. Er rührte sich nicht.

„Han Sie ́s gehört?", ertönte da eine Stimme neben mir. Sie gehörte Sigismund List, der ebenfalls in der Gesangvereinsbranche tätig war. Er leitete den Gesangsverein Olewig. Seine Truppe hatte ihren Auftritt schon hinter sich. Die Vorstellung war eher mäßig gewesen. Was vielleicht auch an Rupert lag. Denn der hatte dort gesungen, bevor er, für viele überraschend, nach Kürenz gewechselt hatte. Für andere war es weniger überraschend. Hatte man doch Rupert in letzter Zeit immer öfter mit der neuen, jungen Leiterin des Kürenzer Chors gesehen.

Jetzt beugte sich Sigismund List etwas nach vorne und betrachtete Rupert.

„Er schnarcht", stellte er fest. „Der stimmgewaltige Rupert is ei‘gschlafen. Kei Wunder bei der faden Musikauswahl." Tatsächlich schnarchte der Sänger leise vor sich hin.

Ich dachte nach. – War da vielleicht ein Schlafmittel im Spiel? – Rupert trank vor jedem Auftritt Kaffee mit Honig, um die Stimmbänder zu ölen. Er schwor auf dieses Mittel. Aber vielleicht hatte der Kaffee diesmal außer Honig noch eine andere Zutat enthalten. Seine Frau hatte ihm die Tasse gebracht, bevor sie ihn mit Vorwürfen überschüttet hatte.

Auch Sigismund List hatte ein energisches Gespräch mit Rupert gehabt. Wahrscheinlich war es wieder um den umstrittenen Vereinswechsel gegangen. Am Ende hatte sich die Chorleiterin schützend vor Rupert gestellt und Sigismund energisch gebeten, ihren Solisten nicht weiter bei den Vorbereitungen für seinen Auftritt zu stören.

Jetzt war Sirenengeheul zu hören. An der nahegelegenen Porta Nigra vorbei kam ein Krankenwagen angerast. Die Zuschauer wurden immer unruhiger. Einige schnappten sich schon ihre Jacken und machten sich für den Heimweg bereit. Andere blieben und beobachteten von ihren Plätzen neugierig das Geschehen auf der Bühne.

Ich sah mich nach der Tasse um. Sie stand noch auf dem Cocktailtisch, wo Rupert sie in einem Zug leer getrunken hatte. Ich begutachtete das Innere der Tasse. Dort befanden sich einige weiße Krümel. Zucker konnte es nicht sein, Rupert trank seinen Kaffee mit Honig. Alles sah danach aus, als hätte irgendjemand ihm den großen Auftritt vermasseln wollen.

Inzwischen waren die Sanitäter eingetroffen. Der Notarzt beugte sich gerade über den schlummernden Rupert.

„Vielleicht ein Schlafmittel?", teilte ich dem Arzt meinen Verdacht mit.

„Herrjemine", lamentierte Heike. „Irjenswer hat mein Mann vergift!"

Sigi List war auch noch da. „Tun Se doch net so.

Wahrscheinlich han Se selber dat Mittel in den Kaffee gegeben." Ich horchte auf.

„Ich glaube nicht, dass es Heike war", sagte ich und trat näher an Sigi List heran. „Sondern jemand anderes. Woher wissen Sie denn, dass das Mittel im Kaffee war?" Sigismund List sah mich mit flackerndem Blick an. Unwillkürlich bewegte sich seine Hand zu seiner Jackentasche. Aber ich war schneller. Mit einem gezielten Griff zog ich aus seiner Jackentasche ein Tablettenröhrchen hervor. „Sie waren es! Sie konnten Rupert einfach nicht verzeihen, dass er Ihren Verein verlassen hat. Und so wollten Sie sich an ihm rächen."

DER SCHATZ DES
PETERMÄNNCHENS

Westerburg im Westerwald
Donnerstag, 28. Juli,
14.18 Uhr bis 15.34 Uhr

Norbert hatte es eilig. Was er soeben hinter der Gartenhecke der alten Bärbel belauscht hatte, war eine Sensation: Der Schatz des Petermännchens! Die alte Bärbel wusste anscheinend, wo er vergraben war. Und ihr Enkel, der dicke Rollo, ebenfalls. Das war die Chance!

Schwein muss man haben, dachte er. Er war gerade im richtigen Moment vor dem Anwesen der alten Bärbel stehen geblieben, um sich eine Zigarette zu drehen. Norbert sah sich schon im Reichtum schwimmen.

Allerdings war Norbert nicht mobil. Das einzige Fortbewegungsmittel, sein Fahrrad, stand mit platten Reifen im Schuppen. Bisher hatte er keinen Nutzen darin gesehen, es zu reparieren. Aber um Rollo noch zu erwischen, musste er schnell sein. Also musste er seinen besten Kumpel Helmut mit ins Boot holen. Der war seit kurzem stolzer Besitzer eines gebrauchten Mofas.

Schnaufend traf er bei Helmut ein und klingelte

Sturm. Im ersten Stock ging ein Fenster auf. „Wat is los, Nobbi?"

„Frag net lang und komm runna. Nur so viel: Et gieht um Millionen!"

Das brachte seinen Kumpel auf Trab. Norbert erklärte ihm die Situation, während er ihn zur Garage zerrte. Es war keine Zeit zu verlieren. Bärbels Enkel war unterwegs zum sagenhaften Schatz des Petermännchens.

Jeder in Westerburg kannte die Sage von dem Geist des ehemaligen Grafen Peter, der irgendwo in Westerburg und Umgebung vor Jahrhunderten seine Schätze vergraben hatte. Es ging das Gerücht um, dass das Petermännchen Leuten, denen er erschienen war, einen Hinweis gegeben hatte: „Such unter dem siebten Hund!"

Die alte Bärbel hatte ihren Enkel losgeschickt, um etwas zu holen. „Du weißt schon, Rollo. Petermännchen ... De siebte Hund ... Schatz!" Norbert hatte nur Bruchteile der Unterhaltung verstanden, aber für ihn war die Sache klar. Es ging um den Schatz des Petermännchens!

Norbert hatte schon immer geahnt, dass Bärbel mehr wusste, als die meisten ihr zutrauten. Bärbel war das wandelnde Westerburger Archiv. Kein Gerücht, kein merkwürdiges Ereignis, über das sie nicht Bescheid wusste. Aber im Allgemeinen machte sie aus ihren Erkenntnissen kein Geheimnis, sondern erzählte alles eifrig herum. Diesmal hatte sie aber nur ihren Enkel Rollo eingeweiht. Den galt es jetzt schnellstens zu schnappen.

Rollo war in Richtung Burgmannenhaus losgelaufen. Mit dem Mofa konnten sie ihn noch locker einholen. Norbert schwang sich auf den Gepäckträger und Helmut knatterte los. Beim Burgmannenhaus bremste er und sie sahen sich suchend um.

„Da!" In einiger Entfernung schlenderte Rollo mit einem Klappspaten über der Schulter auf einen Waldweg zu, der unterhalb von Schloss Westerburg entlang führte. Helmut gab wieder Gas.

Rasch hatten sie Rollo eingeholt. Mit einem eleganten Bremsschwung blockierten sie seinen Weg. Rollo grinste verunsichert. Das Grinsen verging ihm aber schnell. Denn da war Helmut auch schon bei ihm und drehte ihm die Arme auf den Rücken.

„Pass uff, Rollo!" Norbert ließ sein Klappmesser aufspringen. Er wollte es nicht wirklich benutzen, aber um sich Respekt zu verschaffen, war es bestens geeignet. „Mir wissen Bescheid! Du führst uns jetzt zu dem Schatz."

Rollo sah ihn mit weit aufgerissenen Augen an. „Wat für ein Schatz denn?" Sein Blick wanderte unruhig hin und her.

„Lass die Mätzchen!" Norbert zeigte ihm noch

einmal sein Messer. „Mir wissen Bescheid." Er machte eine kleine Pause und als Rollo immer noch verständnislos guckte, setzte er hinzu: „Petermännchen! Klar?"

Rollo sah immer noch aus, als wüsste er nicht genau, was das alles sollte, aber dann nickte er und ging voran. Norbert schubste ihn ab und zu, um zu zeigen, wer das Sagen hatte.

Kurz darauf erreichten sie die Schrebergärten am Fuß des Schlossbergs. Rollo steuerte auf einen Garten zu und öffnete das Türchen. In der hintersten Ecke standen mehrere klapprige Holzkreuze.

Rollo deutete auf eines davon. „Dat is det Grab vom Petermännchen."

Norbert bekam schwitzige Hände. Er warf Rollo den Spaten zu. „Fang an zu grabe!"

Rollo gehorchte und legte los.

Ein wenig seltsam kam Norbert das Ganze inzwischen schon vor. Vor allem die anderen Grabkreuze verunsicherten ihn. Das war schon etwas gruselig. Aber Schatzjäger durften nicht zimperlich sein.

Rollo hatte inzwischen schnaufend ein ansehnliches Loch gebuddelt. Jetzt bückte er sich und beförderte eine mit Lehm verschmierte, in Plastik gehüllte Zigarrenkiste zutage.

„Her damit!" Mit gierigen Fingern streifte Norbert die Erde von dem Plastik und wickelte die Zi-

garrenkiste aus. Es war eine ganz normale Zigarrenkiste. Nur eben schon sehr alt. Früher hatten solche
Kistchen in jedem Haushalt herumgelegen. Irgendwie hatte sich Norbert eine größere Kiste vorgestellt.
Er öffnete sie – und holte ein Hundehalsband heraus.

„Wat soll der Schess?", fauchte er Rollo an. Dann
untersuchte er das Halsband genauer. Vielleicht waren doch irgendwo ein paar Diamanten eingearbei-
tet. Aber nichts dergleichen. Es war nur ein stink-
normales Hundehalsband. Und nicht mal besonders
schön.

„Willst du uns verarsche?" Er hielt Rollo das
Fundstück unter die Nase.

Der schluckte. „Ich docht, ihr wisst Bescheid?
Das hier ist Oma Bärbels Hundefriedhof. Oma Bärbels siebter Hund hieß doch Petermännchen. Und er
war ihr größter Schatz – sagt sie heute noch. Jetzt
sollte ich ihr sein Halsband bringen, das sie ihm als
Grabbeigabe mitgegeben hat."

CHRISTKINDLESRAUB

Nürnberg,
Christkindlesmarkt
Sonntag, 15. Dezember,
19.42 Uhr bis 20.34 Uhr

„Bist bereid?" Dieter rangierte den dunkel-
blauen Transporter in eine Parklücke auf
dem Rathausplatz.

Heinz nickte. „Kann losgeh!"

Sie schnappten sich jeder einen leeren Karton aus
dem Laderaum und steuerten damit den Hinterein-
gang des Nürnberger Rathauses an. Die Kartons waren natürlich nur Tarnung. Ein zufälliger Beobachter
sollte denken, dass hier zur abendlichen Stunde noch
ein verspäteter Lieferdienst bei der Arbeit war. Keiner sollte auch nur ahnen können, was sie wirklich
vorhatten.

Das Türschloss war für Heinz kein Problem. Er
hatte es in den letzten Tagen eingehend begutachtet
und die richtigen Dietriche aus seiner Sammlung pa-
rat. Während Heinz arbeitete, behielt Dieter die Umgebung im Blick. Es war schon dunkel an diesem
Adventsabend. Hier hinter dem Ratsgebäude war
niemand unterwegs. Auf der anderen Seite am
Hauptmarkt dagegen drängelten sich die Leute durch

den Christkindlesmarkt. Das Stimmenwirrwarr konnte Dieter bis hierher hören.

„Offen!", konstatierte Heinz und drückte lässig die Tür auf. Dieter schlüpfte hinter ihm ins Innere des Gebäudes. Die Kartons pfefferten sie in die Ecke neben der Tür.

Dann schlichen sie durch die Gänge des Nürnberger Rathauses. Ihr Ziel waren die Räume des Kulturreferats, wo sich auch die Garderobe des Nürnberger Christkinds befand. Sie wussten, dass am Abend programmgemäß das Christkind den Markt besuchen wollte. Doch heute würden die Leute auf den Besuch verzichten müssen. Denn die beiden Gauner wollten das Christkind entführen und nur gegen ein stattliches Lösegeld wieder freilassen. Dazu würde die Stadt Nürnberg ordentlich in den Säckel greifen müssen. Vom Christkindlesmarkt drangen gedämpft die Klänge von Weihnachtsmusik herein.

„Und du bist sicher, dass des Christkind scho da is?", fragte Heinz.

Dieter legte einen Finger an die Lippen und deutete mit dem Kopf auf eine Tür im Gang vor ihnen. Durch den Spalt unter der Tür drang Lichtschein. Das musste die Garderobe sein. Dieter gab seinem Kumpanen ein Zeichen und schlich zu der Tür. Mit zusammengebissenen Zähnen drückte er die Klinke.

Dann öffnete er die Tür einen Spalt und spähte in den Raum dahinter.

Jawollja! Da saß das zierliche Christkind und betrachtete sich in einem Handspiegel. Zwar hatte es ihm den Rücken zugewandt, aber die Perücke mit den langen, goldblonden Haaren ließ keinen Zweifel zu.

Jetzt musste es schnell gehen. Er winkte Heinz heran. Beide zogen sich ihre Sturmhauben über die Köpfe. Dann sprangen sie in den Raum. Dieter hielt das Christkind fest, während Heinz ihm mit einem Klebeband den Mund verschloss und zusätzlich einen Jutesack über den Kopf stülpte. Auf keinen Fall sollte das Mädchen ihre Entführer erkennen.

Das alles ging so schnell, dass das Christkind außer einem erstaunten Ruf keinen Laut von sich geben konnte.

Dann ging es zurück zum Hinterausgang, wo ihr Lieferwagen wartete. Das Christkind war von leichtem Körperbau und wehrte sich auch kaum. Nur ab und zu versuchte es, ihnen etwas zu sagen. Was aber wegen des Klebebands nur unverständliches Gemurmel blieb. So hatten die Entführer keine Mühe, das Mädchen durch die Gänge zum Hinterausgang zu tragen. Dort machten sie kurz halt.

Dieter schob vorsichtig die Tür auf und linste nach draußen. Auf dem Parkplatz hinterm Rathaus war zum Glück niemand, und so konnten die Kidnapper ihr Opfer unbemerkt in den Laderaum des Transporters befördern. Alles verlief nach Plan. Bald würde man bemerken, dass das Christkind verschwunden war. Dann würden die Lösegeldverhandlungen beginnen. Bis dahin mussten sie wieder in ihrem Versteck sein. Heinz sollte hinten im Wagen beim Christkind bleiben. Bevor Dieter in die Wagen umstieg, befreite er das Mädchen noch von dem Jutesack. Zwei helle Augen blitzten ihn zornig an und unter dem Klebeband erklangen empörte Töne.

Dieter zog das Band ab, damit das Mädchen besser Luft bekam. Das Christkind schnaufte zuerst tief durch, dann riss es sich die Perücke vom Kopf und hielt sie den beiden vor die Nase. „Ihr seid wohl ned ganz sauber? Wecha euch zwaa Debben muss etz des Christkind ohne seine scheena Hoar aufn Markt geh. Wie schautn des aus? Etz lasst mi sofort raus, des Madla braucht sei Perüggn. Und middm Putzen wor i a nu ned ferdich!"

KOMPLIZEN

Freest
Samstag, 18. August,
von 21.00 Uhr bis 22.14 Uhr

So'n Schietkram, wo blifft denn Eckhard?"
Kalle knallte sein Bierglas auf den Tisch. Er
und sein Komplize Hauke saßen im „Alten Kutter",
dem verrufensten Lokal in ganz Greifswald. Hier
heckte das Trio für gewöhnlich seine Überfälle und
Einbrüche aus.

Neben Kalle und Hauke war auch immer Eckhard dabei. Aber der hatte sich seit Tagen nicht
mehr gemeldet. Ans Telefon ging er auch nicht. Kalle, der Chef der Bande, hatte ihm eine dringende
Nachricht geschickt, dass er sich heute gefälligst blicken lassen sollte.

„Uns fehlt der drütte Mann." Kalle trank mit großen Schlucken. „Wir bruuken den Eckhard zum
Fahr'n und um Schmiere zu stehn. Wir twee wie immer in die Tankstelle rein, die Kohle einsacken und
dann ab ins Auto. Aver ohne Eckhard klappt dat
nich ..."

Das Bier war leer. Kalle rülpste und suchte Blick-
kontakt zum Wirt. Da fiel ihm der Fremde auf. Ein
langer Kerl, pockennarbiges Gesicht mit blondem

Bürstenhaarschnitt. Er lehnte lässig am Tresen und bequatschte gerade irgendetwas mit dem Wirt.

Die Besucher des „Alten Kutter" kannten sich mehr oder weniger alle. Zumindest vom Sehen. Deswegen fiel ein Fremder hier auf wie ein Bergsteiger auf einem Fischerboot.

Kalle stieß seinem Komplizen den Ellbogen in die Seite. „Den schon mal hier gesehn?"

Hauke brummte verneinend. Der massige Schläger war nicht besonders redselig. Selten bestanden seine Äußerungen aus mehr als zwei Wörtern. Meistens sagte er aber überhaupt nichts. Gerade wegen dieser Verschwiegenheit schätzte ihn Kalle.

Jetzt sah der Neuankömmling zu ihnen herüber.

„Was glotzt der so?" Kalle mochte es nicht, wenn er das Gefühl hatte, beobachtet zu werden. Der Blonde mit dem Bürstenschnitt war aber von Kalles grimmiger Miene nicht sonderlich beeindruckt. Im Gegenteil – er grinste Kalle an, dann schlenderte er direkt an ihren Tisch und tippte grüßend an die Schläfe.

„Moin. Ihr sucht 'n Fahrer?"

„Momang!" Kalles Augen funkelten gefährlich. „Wer will dat wissen?"

„Ick bin Peer, 'n Kumpel von Eckhard." Der Blonde setzte sich ungefragt und orderte mit den Fingern drei Bier.

Hauke schnaufte drohend und legte seine tätowierten Pranken auf den Tisch. Peer krempelte die Ärmel hoch und entblößte seine ebenfalls tätowierten Unterarme.

Dann lehnte er sich entspannt zurück, grinste wieder und sagte: „Eckhard kenn ick vom Knast her. Er is in der nächsten Zeit verhindert. Ick hab ihm angeboten, für ihn einzuspringen."

Kalle bildete sich einiges auf seine Menschenkenntnis ein. Als er diesen Peer eingehend musterte, war deshalb bald für ihn klar: Hier saß ein Vollbluthalunke vor ihm. Er hatte dieses gewisse Glitzern in den Augen, zeigte keinerlei Furcht und war offensichtlich genauso abgebrüht wie man es von einem Ex-Knacki erwartete. Kalle sah keinen Grund, ihm länger zu misstrauen, zumal sich Peer äußerst spendabel zeigte.

Bei einer weiteren Runde Bier und einigen Schnäpsen erklärte Kalle dem Neuen seinen Plan. „Nu pass mal op, Kumpel. Dat Ding muss övermorgen lopen. Da ist dat Fischerfest in Freest, und alle sind dort am Hafen. Die Tanke ist am annern Ende vom Oort. Un außer dem Döösbaddel an der Kasse is dor keener. Treffpunkt: Samstach Abend um neun, vorm 'Alten Kutter'."

Peer hörte aufmerksam zu, nickte und lachte abwechselnd. Am Ende war Kalle davon überzeugt, dass der Neue der ideale Ersatz für Eckhard war. Vielleicht war er sogar der bessere Mann. Aber zunächst musste man noch sehen, ob er zuverlässig war.

Und Peer war zuverlässig. Exakt zur vereinbarten Zeit am Samstagabend kletterten Kalle und Hauke in seinen Fiat. Sie erreichten Freest nach Einbruch der Nacht. Wie Kalle schon vermutet hatte, waren die Straßen menschenleer. Fast der gesamte Ort feierte am Hafen ihr Fischerfest. Alle Häuser waren dunkel. Nur die Tankstelle leuchtete in buntem Licht.

Peer lenkte das Auto unauffällig an die Seite des Tankstellengebäudes. Kalle und Hauke zogen ihre Strumpfmasken über. Jetzt musste alles schnell gehen. Peer wartete im Auto, während die beiden Räuber mit gezückten Waffen in die Tankstelle stürmten.

„Keen Mucks, Kleener, un nu schieb dat Geld rüber." Das Bürschchen hinter der Kasse riss erschrocken die Augen auf und duckte sich dann völlig unerwartet blitzschnell hinter den Verkaufstresen.

Kalle gab Hauke einen Wink. „Schnapp dir den Törfkopp!"

Hauke ließ die Fingerknöchel knacken und stampfte zum Tresen.

Plötzlich ertönte eine Stimme hinter Kalle: „So, meine Herren, das reicht. Hände hoch und Waffen weg!" Kalle wirbelte herum und blickte genau in die Mündung einer Dienstwaffe.

Gleichzeitig tauchten hinter dem Tresen statt dem mageren Bürschchen drei kräftige Polizisten auf. Im Nu hatten sie Hauke gepackt. Kalle stand mit erhobenen Händen da und fluchte lautlos. Eine verdammte Falle! Wie hatte das passieren können?

Da spazierte auch noch Peer, der Aushilfsfahrer, in die Tankstelle. Wieso war der Idiot nicht getürmt?

Die Antwort folgte prompt: „Gestatten, Hauptkommissar Peer Kaminski. Ich bin euch Tankstellenräubern schon seit geraumer Zeit auf der Spur. Vor ein paar Tagen lief uns Eckhard in die Arme. Tja, sieht so aus, als hätte euch euer Komplize verpfiffen." Dann klickten die Handschellen.

DIE SCHATZKARTE

Insel Mainau im Bodensee
Montag, 15. August,
12.32 Uhr bis 13.08 Uhr

Was für eine Hitze! Unerbittlich brannte die Mittagssonne auf die Gartenanlagen der Insel Mainau. Freddi fluchte leise vor sich hin, während er die Harke in das Rosenbeet haute. Wie sollte er da die Sozialstunden nur überstehen? Es war gerade mal sein erster Tag in der Gärtnerei auf der Insel Mainau und er hatte jetzt schon die Nase voll.

Missmutig betrachtete er die lange Reihe von Beeten, die sich vor ihm erstreckte. Er hatte den Auftrag, bei allen die Erde aufzulockern und das Unkraut zu beseitigen. Und das alles an einem Tag! Und dreizehn weitere Tage sollten folgen. Diese Aussicht erschöpfte ihn so sehr, dass er dringend eine Pause benötigte.

Kurzerhand ließ er die Harke fallen und hockte sich unter einen schattenspendenden Oleander, wo er sich erst einmal eine Zigarette drehte. Da hörte er Schritte auf dem Schotterweg! War das etwa schon wieder der Gärtnermeister, der alte Sklaventreiber! Nein – zum Glück war es nur ein Besucherpaar, das den Schotterweg entlang lief. Trotzdem duckte sich

Freddi tiefer hinter den Strauch.

Durch die Zweige beobachtete er das Paar. Wahrscheinlich Touristen, die einen Tag auf der Blumeninsel verbrachten. Aber irgendetwas an ihnen war seltsam. Sie schienen in Eile zu sein. Der Mann wedelte mit einem Briefumschlag. Jetzt blieben die beiden direkt neben dem Oleander stehen, so dass Freddi jedes Wort verstehen konnte.

„Von der Schatzkarte darf koiner erfahre!", sagte der Mann halblaut und hielt den Umschlag hoch. Auf einmal war Freddi hellwach. Er drehte den Kopf, um besser hören zu können. Die hatten eine Schatzkarte! Er blickte zu dem imposanten Barockschloss hinüber. Der Gärtnermeister hatte ihn darüber belehrt, dass in dem sogenannten Deutschherrenschloss ein echter Graf wohnte. Er solle sich also entsprechend benehmen und nicht denken, er sei hier sonstwo.

Freddi hatte noch nie etwas mit Adeligen zu tun gehabt, aber solche Leute hatten bekanntlich richtig viel Geld. Außerdem haufenweise Schmuck. Und eine Menge Gold. Freddi war sich sicher, dass der Schatz den Schlossbewohnern gehörte. Und die beiden angeblichen Touristen hier waren irgendwie an die Karte gelangt und gaben sich jetzt als harmloses Ehepaar aus, um sich bei passender Gelegenheit den Schatz zu holen. Vorsichtig linste Freddi durch die

Zweige. Gerade steckte der Mann den Umschlag in seine Jackentasche.

„Hier isch das gute Stück sicher", sagte er und klopfte auf die Jacke.

Das denkst du nur! Freddi grinste. Für sein Alter war er schon ein ziemlich ausgebuffter Taschendieb. Diese Schatzkarte würde er sich schnappen. Und er wusste auch schon wie!

Er wartete, bis das Paar sich einige Meter entfernt hatte, dann flitzte er im Schutz einer hohen Hecke an den beiden vorbei. Nachdem er kurz durchgeschnauft hatte, schritt er freundlich lächelnd auf die beiden zu.

„Grüß Gottle! Ich bin von der Inselgärtnerei. Hier könnet Se leider net weiter. Da vorne sind Baumfällarbeite. Ich zeig Ihnen den anderen Weg."

Das Paar nickte und lächelte zurück. Sie folgten Freddi, ohne störende Fragen zu stellen. Freddi führte den Mann und die Frau auf einen Trampelpfad, der eigentlich für Besucher gesperrt war.

„Normalerweise dürfet Se da gar net durch. Aber Sie habens bestimmt eilig, und deswegen mach ich mal ne Ausnahme. Sonscht müsstet Se ganz außerum gehe." Er machte eine weitausholende Armbewegung, die die Länge des Umwegs demonstrieren sollte. An einer besonders engen Stelle, die an beiden Seiten von Buchsbaumsträuchern gesäumt war, blieb er stehen.

„Jetzt müsset Se nur noch dem Weg folge, könnet Se gar net verfehle." Freddi hatte sich so aufgestellt, dass der Mann mit der Karte in der Jacke dicht an ihm vorbei musste. Ein Griff – und Freddi hatte sich den Umschlag geschnappt.

Schnell steckte er ihn unter sein T-Shirt und weg war er. Er wetzte wieder in die Deckung einer Hecke und zog den Umschlag hervor. Das lief ja wie geschmiert! Ja, wenn „Leute reinlegen" und „Stibitzen" Schulfächer gewesen wären, dann hätte Freddi weniger Probleme mit den Noten gehabt.

Er öffnete den Umschlag und holte die Karte heraus. Die sah noch wie neu aus, und für Freddis Geschmack war sie auch viel zu bunt. Aber Adelige hatten ja öfter recht seltsame Angewohnheiten, hatte Freddi gehört.

Aber bevor er die Karte näher inspizieren konnte, tippte ihm jemand auf die Schulter. Er zuckte zusammen und drehte sich um. Es war der Mann mit der Jacke. Er blickte Freddi verärgert an. Die Frau stand mit verschränkten Armen hinter ihm und musterte Freddi mit kaltem Blick.

Freddi schluckte. Er hoffte, dass die beiden nicht bewaffnet waren. Der Mann baute sich jetzt vor Freddi auf.

„Des isch unsere Karte! Wenn Se ebenfalls die

Kinderschatzsuche machen wollen, nachher müsset Se zum Hafen oder zum Eingang. Dort liegen stapelweise Schatzkarten aus. Komm Beate, die Kinder warten bestimmt schon."

DIE HUTFEDERN

Schmidtburg
bei Schneppenbach im Hunsrück
Sonntag, 16. Mai,
von 13.22 Uhr bis 14.16 Uhr

Auf meiner Wanderung durchs Hahnen-
bachtal im Hundsrück kam ich gerade bei
der Schmidtburg an. Der Anstieg von der Schinder-
hannestränke bei Bundenbach hier herauf war an-
strengend gewesen. Ich schwitzte ordentlich und legte am Waldrand eine Verschnaufpause ein.

Vor mir erhoben sich die Reste der immer noch
imposanten Burganlage. Die Ruine hatte früher unter anderem dem berüchtigten Schinderhannes als
Unterschlupf gedient. Ich legte die Hand als Sonnen-
schutz an die Stirn und blickte zur Schmidtburg hinauf.

Da sah ich kurz vor der Burgmauer die beiden
Männer. Der eine lag am Boden, der andere hatte
ihn offensichtlich niedergeschlagen und beugte sich
jetzt über ihn. Er trug einen Lodenumhang und einen Hut, den er tief in die Stirn gezogen hatte.

Seine altertümliche Kleidung erinnerte mich an
den berüchtigten Schinderhannes. Bei dem Hut fehl-
ten allerdings die für den Schinderhannes typischen

Federn. Jetzt erhob sich der Mann und blickte sich um. Ich versuchte noch, mich hinter dem Stamm einer mächtigen Buche zu verstecken – aber zu spät. Er hatte mich gesehen. Sofort sprang er auf und verschwand in den Büschen hinter einer eingestürzten Mauer.

Ich eilte zu dem Verletzten am Boden, sah aber gleich, dass hier jede Hilfe zu spät kam. Sein Schädel war mit einem harten Gegenstand eingeschlagen worden. Vielleicht mit einem der Felsbrocken, die hier vereinzelt herumlagen. Ich konnte aber an keinem von ihnen Blutreste entdecken. Aber man konnte auch noch später nach der Tatwaffe suchen.

Ich wandte mich wieder dem Toten zu. Es war ein älterer Herr mit auffallend roten Haaren. In der Hand hielt er zwei Hutfedern, vielleicht hatte er sie dem Angreifer im Kampf vom Hut gerissen.

Die Federn machten das Bild vollständig. Der Angreifer hatte sich tatsächlich als Schinderhannes verkleidet. Der echte weilte ja schon seit über zweihundert Jahren nicht mehr unter den Lebenden. Ich nahm die Federn als Beweisstück an mich. Schnell informierte ich per Handy Polizei und Notarzt.

Dann machte ich mich an die Verfolgung des Schinderhannes und kämpfte mich durch das dichte Buschwerk. Hinter einer eingestürzten Mauer führte ein schmaler Pfad in den angrenzenden Wald. Dort fand ich nach einigen Metern den Lodenumhang am Boden. Der Mörder selbst war nirgends zu sehen. Deswegen gab ich die Verfolgung auf und lief zurück zum Tatort. Vielleicht konnte ich dort weitere Hinweise finden.

Andere Besucher der Schmidtburg waren inzwischen hinzugekommen, die Polizei war auch schon eingetroffen und hielt die Leute auf Abstand. Ich übergab den Lodenumhang einem der Beamten. Dabei fielen mir unter den Schaulustigen zwei Männer auf, die heftig miteinander diskutierten. Beide hatten rote Haare – das hätten gut die Söhne des Ermordeten sein können.

Mein Verdacht wurde bestätigt, als ich mich den beiden näherte. Sie waren in ihr Gespräch vertieft, sodass sie mich zunächst nicht bemerkten.

„Nu kann uns de Vadder wenigschtens nicht mehr enterbe", sagte der eine gerade. Eine hässliche Narbe erstreckte sich über seine linke Wange.

„Du kannst aber aach bloß an Geld denke. Mensch, de Vadder is tot!", entrüstete sich sein Bruder lautstark. Er war auffallend hager.

Ob einer von ihnen der verkleidete Schinderhannes gewesen war? Leider hatte ich unter dem Lodenumhang keine Körperumrisse gesehen. Und von dem Gesicht hatte ich im Schatten der Hutkrempe auch nichts sehen können.

Ich trat zu den beiden und wies mich als Kriminalbeamter aus. Sie gaben bereitwillig Auskunft. Ich erfuhr, dass sie sich im oberen Teil der Schmidtburg aufgehalten hatten. Dort hatten sie sich aber getrennt, sodass keiner das Alibi des anderen bestätigen konnte.

„Den Umhang des Mörders habe ich gefunden", sagte ich. „Allerdings fehlt mir noch der Federhut." Dass ich die Federn dem Toten aus der Hand und mitgenommen hatte, erwähnte ich nicht.

„Den Federhut des Schinderhannes werre Sie bei uns aach net finde", erklärte der Hagere. „Sie könne gern unner Rucksäck durchsuche." Beide schienen sicher, dass ich nichts finden würde.

Aber ich wurde fündig! Der mit der Narbe sah mich entsetzt an, als ich aus seinem Rucksack den Hut zog. Es war eindeutig der Schinderhanneshut. Am Hutband konnte man deutlich erkennen, wo die zwei Federn aufgesteckt gewesen waren.

„Ha!", rief der Hagere und deutete auf seinen Bruder. „Du warsch dat!" Dann wandte er sich an mich. „Sie müssen wissen, unser Vater wollte uns enterben. Das hat meinen Bruder schon die ganze Zeit wie wild gefuchst."

„Dat ist doch nur ä Hut, ohne Federn! Der Kommissar sucht aber einen Federhut,oder?", verteidigte sich der Narbengesichtige.

„Die Federn hast wahrscheinlich beim Kampf verlore, die liege nämlich noch am Tatort! Han ich selber gesehn." Der Hagere sah mich siegessicher an.

„Konnten Sie nicht sehen, denn die Federn sind hier!" Ich zog die zwei Federn aus der Jackentasche und steckte sie an den Hut. „Schauen Sie, die passen haargenau. Nur der Mörder und ich selbst haben die Federn gesehen. Sie haben ihrem Vater, nachdem Sie ihn ermordet hatten, die Federn in die Hand ge- drückt und den Hut im Rucksack ihres Bruders ver- steckt, um ihm die Tat unterzuschieben."

OLD WEST

Heroldsbach,
Freizeitpark Schloss Thurn
Donnerstag, 12. August,
von 14.25 Uhr bis 15.12 Uhr

Peng! Peng! Peng! Mehrere Pistolenschüsse eröffneten die Westernshow im Freizeitpark Schloss Thurn. Drei schwarz gekleidete und maskierte Banditen ritten im Galopp auf den Sandplatz, der die Bühne für das kommende Spektakel darstellte. Verfolgt wurden sie von einer Reiterposse, unter der Führung eines Mannes, der einen großen Sheriffstern an die Brust gesteckt hatte.

Ich war unter den Zuschauern, um nach Taschendieben Ausschau zu halten. In der letzten Zeit waren hier im Freizeitpark des öfteren Brieftaschen und Smartphones verschwunden. Neben mir stand ein frisch verliebtes Pärchen, die junge Frau hielt den Arm ihres Partners fest umschlungen. Beide folgten gespannt dem wilden Treiben vor ihnen. Weitere Zuschauer verteilten sich um das Gatter aus roh gezimmerten Brettern, das den Showplatz umzäunte.

Ich war weniger an der Show interessiert, sondern mehr an den Zuschauern. Mit einem Rundumblick suchte ich die Menschenmenge nach verdächtigen Personen ab. Hinter mir war der Saloon. Dort stand nur ein einzelner Mann, der als Cowboy verkleidet war. Er trug einen langen, ledernen Viehtreibermantel, unter dem Saum lugten ein Paar gelbe Turnschuhe hervor. Den Stetson hatte er tief in die Stirn gezogen, sodass von seinem Gesicht nichts zu sehen war. Solche Statisten waren überall in der Westernstadt „Old West" verteilt, also nicht ungewöhnlich.

„Yippie yeah!" Mit Gejohle kamen die Cowboys erneut angeritten. Pferde wieherten, Pistolen knallten, einer der Banditen fiel theatralisch aus dem Sattel. Das ging ein paar Minuten so, dann wurde es ruhiger. Die gegnerischen Lager sammelten sich und suchten Deckung hinter Fässern und Planwagen.

Einer der vermummten Banditen, er trug eine hässliche Narbe auf der Stirn, hob die Pistole. Ein Schuss krachte, ein Schrei – aber nicht etwa bei den Cowboys. Ein paar Meter neben mir sackte einer der Zuschauer zusammen. Ich eilte zu ihm. Eine junge Frau kniete neben ihm. Es war das Pärchen, das mir vorhin schon aufgefallen war.

„Allmächd, der Billy is troffen worden!" Sie sah mich entsetzt an.

Ich beugte mich ebenfalls hinunter. Der Mann lag auf dem Bauch und stöhnte. Die Kugel hatte ihn in die rechte Schulter getroffen.

Ich sah die Frau an und nickte ihr beruhigend zu. „Er atmet noch! Rufen sie einen Krankenwagen, und die Polizei!" Die junge Frau war sichtlich froh, dass sie sich nützlich machen konnte und hatte schon ihr Smartphone am Ohr.

Ein Mann löste sich aus der Gruppe der Schaulustigen.

„Ich bin Arzt", gab er bekannt und brachte den Verletzten mit routinierten Griffen in eine stabile Seitenlage. Das Opfer war also zunächst versorgt. Zeit, sich um den Täter zu kümmern.

Auf dem Sandplatz, wo die Show jetzt unterbrochen war, hatte inzwischen ein heftiges Gerangel begonnen. Ein Mann hielt Narbengesicht fest, der als letzter geschossen hatte. Ich drängelte mich durch die Zuschauer dorthin.

„Das ist der Schütze!", rief der Mann. Offensichtlich einer aus dem Publikum, der Zivilcourage zeigen wollte. Der Cowboy versuchte vergeblich sich aus dem Griff zu befreien. Sein Halstuch war nach unten gerutscht. Die Narbe auf der Stirn war verwischt, sie war nur aufgemalt. „Ich nicht wirklich schießen. Patronen platzen nur."

„Der Kerl lügt! Ich hab genau gesehen, wie er auf sein Opfer gezielt hat." Ich betrachtete den Zeugen von oben bis unten. Phil Kerner war sein Name, wie er mir mitteilte.

„Von wo genau haben Sie das beobachtet?", fragte ich. Phil deutete vage an den Rand des Gatters. Ich nickte nachdenklich und bat ihn dann, zunächst den Cowboy loszulassen. Dann ging ich einen Schritt auf ihn zu.

„Der Mann wurde in den Rücken getroffen, stand aber mit dem Gesicht zu dem vermeintlichen Schützen." Ich war jetzt direkt vor ihm. „Und Sie standen nicht am Gatter – sondern vor dem Saloon! Also hinter ihm." Ich hatte die leuchtend gelben Turnschuhe wiedererkannt und packte Phil jetzt am Arm. „Mantel und Hut haben Sie nach der Tat weggeworfen, wahrscheinlich finden wir dort auch die Tatwaffe."

„Verdammt!", fluchte Phil, riss sich los und rannte davon.

Am Ausgang stand dichtgedrängt die Menge der Schaulustigen. Da war kein Durchkommen. Phil drehte sich einmal um die eigene Achse und suchte nach einer anderen Fluchtmöglichkeit. Dann hetzte er auf einen abgelegenen Teil des Gatters zu.

„Des is mei Ex! Der hat Billy scho öfter bedroht!", rief da die Freundin des Opfers. Sie zeigte auf den Flüchtigen. Unter den Zuschauern erhob sich aufgeregtes Tuscheln.

Ich wollte gleich hinter Phil her, aber der Cowboy mit der aufgemalten Narbe hielt mich auf.

„Warten! Dakota-Jim macht das!"

Dann sprang er mit einem Satz auf sein Pferd. Blitzschnell hielt er ein Lasso in der Hand und schwang es über dem Kopf. Währenddessen ritt er dem Fliehenden hinterher. Der hatte inzwischen das Gatter fast überwunden. Gerade als er vom Zaun springen wollte, legte sich plötzlich eine Seilschlinge um seinen Oberkörper und riss ihn nach hinten. Dakota-Jim zügelte sein Pferd und holte jetzt Stück für Stück das Lasso ein, an dessen anderem Ende Phil wie ein Fisch an der Angel hing.

„Hier, Marshall!", sagte Dakota-Jim, nachdem er Phil herbeigezerrt hatte. „Nehmen Sie den Banditen fest!"

MORD AM SEE

Losheim,
am Losheimer See
Mittwoch, 17. Oktober,
von 19.07 Uhr bis 20.52 Uhr

K ommt schnell mit zum See! Der Ralf isch
ertrunke!" Völlig verstört kam Elfie in die
Gaststube des Maison au Lac gerannt. Ich und die
anderen Mitglieder der „Freunde guten Essens" saßen gerade bei einem guten Glas Mosel und verdau-
ten das Drei-Gänge-Menü, das uns ihm Rahmen der
„Wildwoche Saar-Hunsrück" serviert worden war.
Vor allem das Überraschungsdessert, ein vorzügli-
ches Nougat Parfait mit Apfelkompott, war sehr üp-
pig ausgefallen, so dass wir alle etwas schläfrig waren.

„Wollt ihr vielleicht mal ufstehe und mir helfe?"
Elfie funkelte uns an.

Das wirkte. Fast geschlossen sprangen wir auf,
ließen das Nougat Parfait mit Apfelmus stehen und
trabten, so gut es die gefüllten Mägen zuließen, hinter Elfie in die Dämmerung hinaus.

Der Steg am Losheimer Freizeitsee war zum
Glück keine fünfzig Meter vom Seerestaurant entfernt. Ralf lag auf dem frisch gemähten Uferstreifen.

Er bewegte sich nicht. Um ihn hatte sich eine Wasserlache gebildet.

„Oh Gott!" Elfie wandte sich ab und schlug die Hände vors Gesicht. Karl-Heinz, unser Kassenwart, trat neben sie und sprach ihr mit leiser Stimme Trost zu. Auch Elfies Vater Knut war hier. Unser Vereinsvorsitzender stand mit verschränkten Armen da und blickte mürrisch auf seinen Schwiegersohn, der leblos im Gras lag.

Während einige erfolglos versuchten, Ralf wiederzubeleben, rief ich Notarzt und Polizei an. Elfie stand immer noch etwas abseits. Karl-Heinz hatte fürsorglich den Arm um sie gelegt. Ich ging zu den beiden hinüber.

„Wir ware doch erscht ein paar Monate verheiratet", schluchzte Elfie, während Karl-Heinz andächtig nickte.

Auch ich erinnerte mich noch an die Hochzeitsfeier von Elfie und Ralf in unserem Vereinslokal. Ralf war schon am frühen Abend so betrunken gewesen, dass die Feier frühzeitig abgebrochen wurde. Wie ich mitbekommen hatte, war die Ehe auch weiterhin nicht besonders glücklich. Ralf war ein Lebemann gewesen, der zu viel getrunken hatte und hinter jedem Rock her gewesen war.

Mit verschmiertem Make-Up und immer wieder nach Luft schnappend, schilderte Elfie, wie sie Ralf gefunden hatte.

Vor dem letzten Menü-Gang war Ralf, schon wieder ziemlich angetrunken, nach draußen gegangen, um eine zu rauchen. Nachdem er auch zum Dessert nicht mehr zurückkam, wollte Elfie nachsehen, was los war.

„Da hab ich ihn gefunden! Unterm Steg im Wasser; gleich am Ufer." Sie habe ihn noch auf den Uferstreifen gezogen, dann Hilfe geholt.

„Sieht ganz so aus, als wäre er betrunken ins Wasser gefallen", mutmaßte Karl-Heinz, was Elfie zu einem erneuten Weinkrampf veranlasste.

„Würd misch net wundern", mischte sich Knut, Elfies Vater, ein. „Ich han schon immer gesagt, dass das mit dem Hallodri mal kein gutes Ende nimmt."

Karl-Heinz nickte zustimmend und Elfie schluchzte noch lauter. Karl-Heinz war Elfies Ex-Freund. Ich wusste, dass er nicht gut auf Ralf zu sprechen war, nachdem der ihm Elfie ausgespannt hatte. Ich erinnerte mich, dass er bei jener denkwürdigen Hochzeitsfeier übelste Drohungen gegen seinen Rivalen ausgestoßen hatte.

Auch Knut konnte Ralf kein Stück besser leiden. Vergeblich hatte er versucht, die Hochzeit seiner Tochter zu verhindern. Stundenlang hatte er ihr ins Gewissen geredet, es mit Bestechung versucht, ihr schließlich gedroht, sie zu enterben. Aber das half alles nicht. Elfie hatte ihren Ralf über alles geliebt.

Inzwischen waren der Notarzt und die Polizei angekommen. Die Beamten scheuchten die Gourmet-Gemeinde vom Tatort und sperrten ihn ab. Der Notarzt beugte sich über Ralf, stand aber schon nach kurzer Zeit wieder auf und schüttelte bedauernd den Kopf.

Ich glaubte nicht so recht daran, dass Ralf einfach so ins Wasser gefallen war. Vielleicht hatte da jemand nachgeholfen. Und vielleicht war das sogar jemand aus unserem Verein gewesen.

Ich fragte mich, wer von den „Freunden guten Essens" zur selben Zeit wie Ralf draußen gewesen sein konnte? Leider war ich zu dem Zeitpunkt gerade selbst so in den kulinarischen Genuss vertieft gewesen, dass ich auf die anderen nicht geachtet hatte. Aber es gab vielleicht eine Möglichkeit, es doch noch herauszufinden.

„Jammerschade, dass Ralf das Überraschungs-Dessert nicht mehr essen konnte", sagte ich beiläufig. „Der Bratapfel mit Preiselbeeren war unschlagbar, findet ihr nicht auch?"

Während Elfie und Knut mich verwirrt anschauten, nickte Karl-Heinz nach einer kurzen Denkpause. „Jo, sehr lecker! Auch wenn einige Preiselbeeren leicht bitter waren."

„Welche Preiselbeeren? Es gab doch Nougat-Parfait!" Elfie stieß Karl-Heinz von sich weg. „Du – du warst das! Du warst schon immer eifersüchtig auf Ralf!"

Knut und ich packten gleichzeitig zu und lieferten Karl-Heinz bei der Polizei ab.

DER KÜHLE KOPF

Fränkische Schweiz,
Gasthof Rabenbräu
Sonntag, 6. Juni,
von 15.35 Uhr bis 17:05 Uhr

Wie ist er gestorben?", fragte Kriminalhauptkommissar Willibald Krommfeld. Dr. Holleder vom ärztlichen Dienst hatte soeben die Untersuchung des Toten beendet und streifte sich die Vinylhandschuhe ab.

„Jemand hat ihm flüssigen Stickstoff über den Kopf geschüttet", antwortete der Arzt. „Er hätte es überleben können, wenn er nicht dieses Titanimplantat in der Schädelplatte gehabt hätte. Aufgrund des Leidenfrost-Effekts wäre ..."

„Bitte kurz!" Krommfeld schob sich eine Kautablette in den Mund. Die Magenschmerzen wurden seit Tagen nicht besser.

„Die Titanplatte hat die Kälte von immerhin minus 196 Grad Celsius direkt ins Hirn geleitet. Das überlebt keiner."

„Ob der Täter von der fatalen Wirkung gewusst hat?", fragte Kriminalkommissar Johnny Pfister.

Dr. Holleder zuckte mit den Achseln. „Das herauszubekommen ist Ihr Job!"

„Allerdings", brummte Krommfeld und steckte die Tablettenschachtel in die Tasche seiner Cordhose.

Der Raum der Dorfbrauerei „Rabenbräu", der anscheinend als Entwicklungslabor diente, ähnelte mehr einer Abstellkammer. Krommfeld, sein Assistent Johnny Pfister und der Arzt waren hierher gerufen worden, weil ein Toter gefunden worden war. Bei der Leiche handelte es sich um Otfried Rabe, Eigentümer der Brauerei und Brautvater. Die Hochzeitsfeier seiner Tochter, die in der Brauereigaststätte stattfand, hatte für ihn einen wenig festlichen Verlauf genommen.

„Wofür wohl der Stickstoff gebraucht wurde?" Pfister zeigte auf das leere Gefäß, das neben der Leiche lag und einer ungewöhnlich großen Thermosflasche glich.

„Das ist ein Dewar-Gefäß", erklärte Holleder. „Der Stickstoff, der sich darin befand, wurde wohl ursprünglich zur Herstellung von Eisbier benötigt. So können hochprozentige Biere hergestellt werden."

„Der Rekord liegt zurzeit bei 57 Prozent", ergänzte Krommfeld und deutete auf einen Zeitungsausschnitt an der Wand: „Das stärkste Bier der Welt kommt aus Schottland".

Der Ausschnitt hing neben einem Tresor, der offenstand und anscheinend ausgeräumt worden war. Krommfeld warf einen kurzen Blick hinein. „Hier hat ein Buch gelegen. Das ist an dem Abdruck im Staub zu erkennen." Dann wandte er sich an seinen Assistenten. „Kommen Sie, Pfister. Wir wollen mal das Brautpaar befragen."

Unter den zahlreichen Hochzeitsgästen, die sich in der Brauereigaststätte an der Festtafel aufhielten, hatten die Kommissare schnell das Brautpaar ausgemacht.

„Sie haben Braumeister Rabe zuletzt lebend gesehen", stellte Krommfeld nach einer kurzen Begrüßung fest.

„Ja, das stimmt", nickte Jasmin Brechtel, geborene Rabe. „Wir wollten den Papa nochmal fragen, ob wir nicht wieder gut sein wollen." Sie malträtierte das Stück Hochzeitstorte vor ihr mit einer Kuchengabel, aß aber nichts. „Es ist schließlich unser Hochzeitstag. Gell, Konnie?"

Konrad Brechtel strich sich die widerspenstigen Haare glatt. „Mein Schwiegervater hat während der Feier einen seiner berüchtigten Wutanfälle gehabt und alles und jeden beleidigt. Wenn der mal in Fahrt war!" Er hob die Augenbrauen. „Wir wollten dann mit ihm reden. Meisten sitzt er in seinem Labor und grübelt, wie er die schottischen Brauer übertrumpfen könnte."

„Dort haben wir ihn angetroffen", fuhr die Braut fort, während sie ihre Torte weiter zu Matsch verarbeitete. „Er war aber noch so sauer, dass er uns gleich wieder rausgeschmissen hat."

„Der Tresor im Labor stand offen", bohrte Krommfeld. „Wissen Sie, was sich darin befand?"

Beide schüttelten den Kopf.

„Woran arbeitete Herr Rabe in seinem Labor eigentlich genau?"

„Er führte seit Jahren diesen Wettbewerb um das stärkste Bier der Welt." Der Bräutigam sortierte einige Strähnen, die ihm in die Stirn hingen. „Zurzeit liegt eine schottische Brauerei vorne. Sein ganzer Ehrgeiz war es, ein noch stärkeres Bier herzustellen."

„Sie kennen sich damit aus?"

„Ja, ich bin selbst Brauer und versuche gerade meine Craft-Biere bekannt zu machen."

„Und? Läuft das Geschäft?"

„Könnte besser gehen!"

„Aber wir schaffen das schon." Jasmin knetete jetzt den Oberarm ihres Mannes. „Gell, Konnie?"

Einige Stühle weiter saß Hilmar Rabe, der seinen Bruder gefunden hatte. Krommfeld ging zu ihm.

„Sie haben also den Toten gefunden."

„Ja, leider." Hilmar Rabe blähte die Backen und blies Krommfeld eine Bierfahne entgegen.

„Was wollten Sie denn von Ihrem Bruder?"

„Ihm die Meinung geig'n!" Hilmar Rabe schien ziemlich erhitzt. „So wie der sich aufg'führt hat. Des kamma doch net bringa, auf der Hochzeit vodda eigenen Tochter." Mehrere Hochzeitsgäste nickten zustimmend.

„Und als Sie ihn im Labor fanden, da war er schon tot?"

Hilmar Rabe wurde laut. „Ja, freilich war der tot! Was glaub'n Sie denn?"

„Sie haben sich nicht gut vertragen?"

„Naa, wirklich net." Hilmar Rabe war jetzt richtig in Fahrt. „Mer soll ja net schlecht über Tote reden, abba mei Bruder woar der gresste Depp, den's jemals geben hat."

„Haben Sie denn schon mal mit dem Gedanken gespielt, Ihren Bruder umzubringen?"

„Einmal?" Hilmar lachte mit hochrotem Kopf. „Dauernd! Mir streit'n scho seit zehn Joahr wecha dera Wiesn. Damals, als ihm des Fässla auf'n Kopf g'falln is, da habbi scho ..." Plötzlich stockte er. „Ääh, Herr Kommissar, so war des etz fei net g'meint. Mir ham uns oft g'strittn, abba umbrachd habbich den Otfried net."

„Mein Mann war ein Hitzkopf", sagte Waltraud Rabe und trat hinter dem Tresen hervor, als sie Krommfeld auf sich zukommen sah. Sie trocknete sich die kleinen Hände an einem Geschirrtuch ab. „Keiner konnt's ihm recht machen. Und seit der Operation am Schädel wurde es immer schlimmer." Sie legte das Geschirrtuch sorgfältig zusammen und platzierte es auf dem Tresen. „Wenn es nach ihm gegangen wär, dann hätt die Hochzeit nie stattg'funden." Sie blickte zum Brautpaar hinüber. „Der Konrad hätt halt den schottischen Brauer nicht einladen sollen. Die Konkurrenz am selben Tisch. Das hat der Otfried nicht vertragen." Der Mann neben dem Bräutigam trug eine Tweedjacke, sodass Krommfeld sofort den Schotten in ihm vermutete. Soeben standen der Bräutigam und der Schotte auf und verschwanden durch eine Tür neben dem Tresen des Gastraums. Krommfeld beschloss, die Tür im Auge zu behalten.

„Die ganze Hochzeit hab ich allein ausg'richtet", lamentierte Waltraud weiter. „Die Pferdekutsche, die Feier; wissen S', die Jasmin hat sich immer eine Traumhochzeit g'wünscht, die sollte sie bekommen. Eigentlich wär des ja die Aufgabe vom Otfried gewesen. Aber der mochte ja kein Craft-Bier und schon gar keinen, der Craft-Bier braut. Ehrlich g'sagt, der hat überhaupt niemanden g'möcht. Und jetzt sowas! Die ganze schöne Feier ist verdorben."

Krommfeld wunderte sich, wie ungerührt die Frau den Tod ihres Mannes hinnahm. „Dann hatte Ihr Mann auch Feinde?"

Waltraud Rabe beschrieb mit dem Arm einen Halbkreis über die Hochzeitsgäste. „Schau'n Sie sich um. Da werden Sie nur wenige finden, mit denen sich mein Mann nicht irgendwann mal angelegt hätte."

Krommfeld seufzte und schob sich noch eine Pastille in den Mund. Da sah er, wie der Mann in der Tweedjacke wieder hinter dem Tresen auftauchte. Mit zwei Schritten stellte er sich ihm in den Weg.

„Krommfeld, Kripo Bayreuth." Er hielt ihm seinen Dienstausweis vor die Nase.

„Ich heiße McMalloy." Der Angesprochene blickte nervös auf das Plastikteil. „Ich komme aus Schottland und bin Businesspartner von Mister Brechtel." Er hatte große Mühe, den Namen auszusprechen. Krommfeld fiel auf, dass seine Hand wie schützend auf der rechten Jackentasche lag.

„Was hatten Sie soeben mit Konrad Brechtel zu besprechen?"

McMalloy zögerte kurz, dann antwortete er: „Er hat mir wichtige Unterlagen gegeben."

„Könnte ich diese Unterlagen mal sehen?"

„Hören Sie, Mister Krommfeld." Der Schotte

richtete eine imaginäre Krawatte. „Ich bin nicht in der Absicht hier, um Schwierigkeiten zu kriegen. Mister Brechtel hat mich eingeladen zu seine Wedding. Das ist alles."

„Sicher." Krommfeld lächelte schmal. „Zeigen Sie mir einfach nur die Unterlagen."

McMalloy schluckte und griff in seine Jackentasche. Dann drückte er dem Kommissar ein abgegriffenes Notizbuch in die Hand. „Ich will nichts zu tun haben mit dem Tod von Mister Rabe."

„Wer will das schon?" Krommfeld betrachtete das Notizbuch und blätterte es kurz durch. Er zog zufrieden eine Schnute und stellte fest: „Dieses Buch lag im Tresor von Otfried Rabe. Anscheinend wird darin ein Verfahren zur Herstellung von hochprozentigem Eisbier beschrieben. Wie viel?"

„Ah, what? Bitte?"

„Wie viel hat Sie das hier gekostet?" Er wedelte mit dem Notizbuch.

McMalloy sah erschrocken zu Konrad Brechtel hinüber, der sich inzwischen wieder zu seiner Braut gesellt hatte.

„Ich werde nichts mehr sagen in dieser Angelegenheit." Der Schotte klappte demonstrativ den Mund zu.

„Na gut. Das ist dann Ihr Bier!" Krommfeld blickte auffordernd zu Pfister hinüber. Der kam heran und zog dabei den Bräutigam hinter sich her.

„Wie viel?" Krommfeld winkte wieder mit dem Notizbuch. Konrad schwieg und fummelte an seinen Haaren herum. Das Ergebnis war eine Art Igelfrisur.

„Na schön", meinte Krommfeld gelassen. „Dann nehmen wir Sie und Herrn McMalloy wegen Mordverdachts mit. Pfister, sagen Sie der Streife draußen Bescheid."

„One Moment, please!" McMalloy wurde wieder gesprächig. „Ich weiß nicht, wie Mister Brechtel an das Notizbuch gekommen ist. Unsere Vereinbarung war, dass die Notizen mir übergeben werden. Im Gegenzug wollte meine Brauerei mit einer größeren Summe in seine Craft-Bier-Produktion einsteigen. Die Anzahlung in Form eines Schecks habe ich ihm gegeben. That's all! Ich habe nichts getan."

Inzwischen war Jasmin herbei gestürzt und umklammerte den Oberarm ihres Mannes. Ihre Wimperntusche hatte sich gleichmäßig um die Augen verteilt.

„Den Scheck bitte!" Krommfeld streckte Konrad die Hand entgegen. Mit zusammengepressten Lippen zog der ein Stück Papier aus der Tasche und reichte es dem Kommissar. „Ich war es nicht!", murmelte er.

Krommfeld klappte das Papier kurz auf und reichte es seinem Assistenten. „Ich werde Ihnen jetzt sagen, wie es war! Sie, Herr Brechtel, haben Ihren Schwiegervater Otfried Rabe heimtückisch ermordet, um in den Besitz der Aufzeichnungen aus dem Tresor zu kommen. Die wollten Sie an die schottische Brauerei verkaufen, die sich dann weiterhin damit rühmen könnte, das stärkste Bier der Welt zu brauen. Da Ihr Geschäft nicht besonders gut lief, brauchten Sie finanzielle Unterstützung."

Krommfeld gab Pfister einen Wink, der daraufhin Jasmin wegschob und Brechtels Oberarm übernahm.

„Konrad Brechtel, ich verhafte Sie wegen Mordes an Otfried Rabe. Pfister, bringen Sie ihn zum Polizeiwagen."

„Nein!", flüsterte Jasmin Brechtel. „Bitte nehmen Sie Konnie nicht mit. Er hat meinen Vater nicht umgebracht." Sie schluckte und sah Krommfeld mit schwarz umrandeten Augen an. „Ich war es! Ich hatte Angst, dass mein Vater Konnie wehtun würde, so wütend, wie er war. Ich hab ihn angeschrien, dass er aufhören soll. Aber er hat mich, wie immer, überhaupt nicht beachtet. Da habe ich die Flasche mit dem flüssigen Stickstoff aufgeschraubt und ihm über den Kopf geschüttet. Ich wusste ja nicht, dass er daran sterben würde."

VERBRANNTES ERBE

Hüttenberg
Mittwoch, 8. November,
von 0.34 Uhr bis 1.12 Uhr

Mit ausgeschalteten Scheinwerfern steuerte Bruno seinen uralten Passat Kombi durch die nächtlichen Straßen von Hüttenberg. Am Ortsrand bog er in einen Feldweg und hielt neben einer hohen Hecke an. Beim Aussteigen sah er sich nach allen Seiten um. Hier am Ortsende wohnten nicht viele Leute und die Häuser standen weit voneinander entfernt. Nirgends war Licht zu sehen oder etwas zu hören.

Gleich hinter der Hecke befand sich das Wohnhaus von Brunos verstorbenem Vater. Ein Bungalow mit einem weitläufigen Garten. Die noble Immobilie stand schon seit einiger Zeit leer, da Brunos Vater seine letzten Tage im Seniorenzentrum verbracht hatte. Vor einigen Tagen war er schließlich gestorben. Bruno sah keinen großen Anlass zur Trauer, zumal er und sein Vater sich nie gut verstanden hatten.

Bruno öffnete die Heckklappe seines Wagens und hievte zwei große Kanister heraus. In der Hecke, die das Grundstück umgab, war ein Durchlass, der mit einer Gartentür ausgestattet war. Sie war wie immer unverschlossen. So konnte Bruno, gut vor fremden Blicken geschützt, auf das Grundstück gelangen. Schnaufend schleppte er die Behälter durch die kalte Novembernacht zur Eingangstür.

Der Schlüssel zur Haustür lag immer noch unter dem Blumentopf am Küchenfenster. Bruno hatte hin und wieder Gartenarbeiten für seinen Vater erledigt. Widerwillig, aber sein Vater hatte ihm mehrmals gedroht, ihm den Geldhahn endgültig abzudrehen. Das wiederum konnte Bruno sich nicht leisten. Waren doch die finanziellen Zuwendungen seines Vaters seine hauptsächlichen Einnahmen. Arbeiten war nicht so sein Ding, zumal der Vater über genügend Geld verfügte, um auch seinen jüngeren Sohn über Wasser zu halten. Also fügte sich Bruno und pflegte den Garten. Zumal er wusste, dass sein Vater im trotz aller Differenzen nach seinem Tod den Bungalow überlassen wollte.

Kurz vor seinem Tod gerieten die beiden aber wieder in einen heftigen Streit. Bruno wusste gar nicht mehr, um was es eigentlich gegangen war. Er wusste nur, dass er selbst ziemlich betrunken gewesen war und in diesem Zustand seinen Vater besucht hatte. Der hatte dann ernst gemacht. Nach dem Streit hatte er Bruno kurzerhand enterbt.

Das Erbe bestand hauptsächlich aus dem Bungalow, das Geldvermögen war zum größten Teil für

Pflegekosten draufgegangen. Alleinerbe war jetzt Brunos Bruder Jens. Obwohl der das gar nicht nötig hatte, der reiche Schnösel.

Im Gegensatz zu Bruno war sein großer Bruder schon in jungen Jahren immer ehrgeizig gewesen. Zielstrebig hatte er erfolgreich die Schule und ein Studium abgeschlossen. Jetzt verdiente er jeden Monat ein kleines Vermögen – nach Brunos Maßstäben zumindest. Und ihr Vater hatte nie ein Geheimnis daraus gemacht, dass Jens sein Lieblingssohn war.

Bruno sah überhaupt nicht ein, dass Jens jetzt auch noch den Bungalow bekommen sollte. Er würde ihm ordentlich in die Suppe spucken. Diesmal sollte Jens den Kürzeren ziehen.

Im Haus verteilte er jetzt den Inhalt der beiden Benzinkanister großflächig in den aufwändig möblierten Räumen. Dann kramte er im Schreibtisch seines Vaters nach den Unterlagen zur Brandversicherung. Die würden zwar sowieso mit verbrennen, aber Bruno wollte auf Nummer Sicher gehen.

Mit dem restlichen Inhalt des zweiten Kanisters legte er eine Benzinspur zur Haustür. Dort zündete er die Versicherungsunterlagen an. Nach einem letzten prüfenden Blick ins Innere, warf er das brennende Papier in den Flur. Das Benzin fing sofort Feuer.

Bruno sprintete zu seinem Kombi und fuhr ein paar Straßen weiter. Dort parkte er und schlich sich wieder zurück. Das Schauspiel wollte er sich nicht entgehen lassen. Mit glänzenden Augen sah er zu, wie das Haus seines Vaters in Flammen aufging.

Als in der Ferne die Feuerwehrsirene ertönte, brannte das Haus bereits lichterloh. Jens würde nur eine Ruine erben, stellte Bruno zufrieden fest. Dann machte er, dass er wegkam.

Am nächsten Vormittag fand die Testamentseröffnung beim Notar statt. Bruno war übernächtigt, hatte er doch nur ein paar Stunden schlafen können. Zumindest hatte er es noch geschafft, die nach Benzin stinkende Kleidung zu wechseln. Zum Frühstück hatte er dann eine ordentliche Portion Handkäs mit Musik verzehrt und mit einer Flasche Bier hinuntergespült. Aber auch das hatte ihn nicht wieder richtig auf die Beine gebracht.

„Ei, Guude wie?", begrüßte er seinen Bruder und blies ihm eine Wolke aus Zwiebel- und Bierdunst ins Gesicht. Jens war eben erst angekommen. Keiner hatte ihn über die aktuelle Lage informiert.

„Moije, du Luschekopf!" Jens rümpfte die Nase und warf einen abschätzigen Blick auf Brunos verknittertes Hemd und die abgetragene Hose. Natürlich war er selbst tadellos gekleidet. Und auch mit Rasierwasser hatte er nicht gespart.

Der wird sich noch wundern, dachte Bruno und lümmelte sich auf einen der Stühle.

Der Notar begann mit den üblichen Floskeln. Dann wandte er sich an die Brüder: „Kurz vor seinem Tod hat Ihr Vater sein Testament noch geändert. Besser gesagt, hat er das zweimal getan. Zunächst sollte sein Sohn Bruno enterbt werden. Doch an seinem Todestag rief er mich noch einmal zu sich. Er wollte noch eine Änderung vornehmen, die seinen Sohn Bruno betrifft."

Der Notar blickte Bruno über seine Lesebrille an. Bruno fand seinen Stuhl auf einmal sehr unbequem. „Er hat verfügt, dass Bruno den Bungalow doch bekommen soll. Allerdings nur unter der Bedingung, dass er ihn ausschließlich zu Wohnzwecken nutzt."

TOD EINES KLEINGÄRTNERS

Esslingen
Samstag, 12. Oktober,
von 8.22 Uhr bis 9.05 Uhr

Kleingartenkolonie Zwieblinger in Esslingen: Eine anonyme Anruferin hatte uns mit mühsam verstellter Stimme informiert, dass hier ein Toter in seiner Parzelle lag. Als unser Team dort eintraf, war der Pathologe schon vor Ort und hatte sich einen ersten Eindruck verschafft.

„Ein Unfall ist ausgeschlossen?", fragte ich ihn.

„Zu neunundneunzig Prozent." Der Arzt erhob sich und deutete auf die blutverschmierte, elektrische Heckenschere in der Hand des Toten. „Die Geräte sind alle mit einer automatischen Sicherheitsabschaltung ausgestattet." Also hatte da offensichtlich jemand nachgeholfen und wir hatten es mit einem Kapitalverbrechen zu tun.

Ich sah mir die nähere Umgebung des Tatorts an. Die Parzelle war ringsum von einer mannshohen Hecke umgeben. Das kleine Anwesen war so vor neugierigen Blicken bestens geschützt. Nur von der Gartentür aus hatte man Einblick. Aber auch von dort konnte man den Teil der Parzelle, in der der Tote lag, nicht sehen. Ein schlichtes, aber perfekt gepflegtes Gartenhäuschen versperrte die direkte Sicht.

Demnach musste die Anruferin, die den Toten bei uns gemeldet hatte, hier im Garten gewesen sein. Hatte sie den Mord beobachtet? Oder war sie etwa selbst die Täterin?

Ich postierte einen Polizeibeamten vor der Gartentür, wo sich trotz der frühen Stunde schon einige Vereinsmitglieder versammelt hatten. Meine ersten Nachfragen brachten zunächst keine weiteren Erkenntnisse.

Es war noch früh am Morgen, die meisten Mitglieder würden zum jährlichen Heckenschnitt erst noch eintreffen. Und von den Anwesenden wollte niemand etwas gesehen oder gehört haben.

„Den Walter hat keinr gmocht", rief ein kräftig gebauter Mann mit einem beeindruckenden Bauchumfang. Neben ihm stand eine Frau, die mich mit großen Augen anstarrte. Ich vermutete, dass es die Frau des Getöteten war.

„Bsonders mit dem Leo hat er ständig gstritten", teilte mir der Bauchträger jetzt in gedämpfter Lautstärke mit. Ich wollte mich bei ihm gerade näher nach diesem Leo erkundigen, da zeigte er über meine Schulter hinter mich. „Da kommt er ja grad, der Leo."

Auf dem unkrautfreien Pflasterweg schlenderte ein junger Mann mit Brille und schulterlangen Haaren heran. Sein Interesse galt vor allem seinem Smartphone, auf dem er ständig herumwischte.

Als er aufblickte und die Polizeibeamten sah, kehrte er auf dem Absatz um und rannte davon. Ohne zu zögern jagte ich ihm hinterher. Leo war außer Form, im Nu hatte ich ihn eingeholt und fest im Griff.

„Bidde schberret Sie mi ned oi", flehte Leo. Er machte den Eindruck, als wollte er gleich ihn Tränen ausbrechen „Ich pass in Zukunft au besser uf. Ich hab dem Walter doch schon versproche, dass ich bei ihm die ganze Quecke rausreiß. Un meinetwege auch alles andre Unkraut."

Verblüfft sah ich den jungen Mann an. Er schien mir etwas naiv zu sein. Er erzählte mir, dass Walter ihm immer wieder gedroht hatte, ihn anzuzeigen, wenn er es nicht verhinderte, dass die Unkrautsamen von seiner Parzelle überall hingeweht wurden. Von dem Mord habe er nichts mitbekommen.

Der junge Mann war sichtlich geschockt und hatte offensichtlich Angst vor mir. Ich versicherte ihm, dass er zunächst nichts zu befürchten habe. Er müsse aber mitkommen, da er ein wichtiger Zeuge sei. Das war nur zu einem kleinen Teil die Wahrheit, aber ich wollte verhindern, dass er mir noch einmal weglief.

Jetzt hatte ich Zeit, die Ehefrau zu befragen. Sie

stand immer noch an der Gartentür. Gerade wühlte sie hektisch in ihrer Handtasche. Schließlich zog sie ein Smartphone heraus, das sie aber sogleich wieder sicher in der Tasche verstaute. Der Mann mit dem Wohlstandsbauch legte ihr die Hand auf die Schulter.

„Lass gut sein, Erna. Du kannschd deinem Mann jetzt nimma helfen", hörte ich ihn sagen, als ich näher kam.

„Ach, Gerolf. Des isch alles so furchtbar." Erna lehnte sich an Gerolfs Schulter. Die beiden waren anscheinend recht vertraut miteinander. Ich trat zu ihnen und nickte der Frau des Getöteten zu.

„Mein Beileid. Die Verletzungen waren letztendlich so schwer, dass ihr Mann es nicht überlebt hat." Erna senkte den Kopf und blickte zu Boden.

Dann fragte ich sie: „Können Sie sich erklären, was da heute Morgen passiert ist?"

Erna sah mich erschrocken an und schüttelte den Kopf. „Noi, i woisch nix. Der Gerolf hat mi grad vo dahoim abg'holt. Mir sin beide gerade erscht angekomme. Der Walter war scho früher da, er wollt als erschter mit dem Heckenschnitt fertig sei." Die Antwort rasselte sie wie auswendig gelernt herunter.

Gerolf legte wieder den Arm um die Gattin des Toten und sah mich vorwurfsvoll an. „Oi bissle mehr Reschpekt, Herr Kommissar. Die Frau steht unter Schock, sehe Sie des net?."

Er überlegte einen Augenblick. „Aber wir wolle die Polizei natürlich in jeder Hinsicht unterstütze. Es könnt doch sein, dass der Walter sich die Halsverletzung mit der Heckenscher selber zugefügt hat, oder?"

„Das könnt nicht sein, denn sonst wüssten Sie nicht, dass er am Hals verletzt wurde. Außerdem kann ich mich nicht erinnern, Ihnen verraten zu haben, dass die Tatwaffe eine Heckenschere war. Das kann nur sein Mörder wissen."

Ich winkte einem Polizeibeamten dann wandte ich mich an Erna: „Würden Sie mir bitte kurz Ihr Handy geben?"

Mit automatischen Bewegungen holte Erna ihr Smartphone aus der Handtasche und reichte es mir. Ich checkte schnell die letzten Anrufe, dann winkte ich einem weiteren Kollegen. „Und wie ich es mir gedacht habe, waren Sie die anonyme Anruferin."

FALSCH VERSICHERT

Furth im Wald
Donnerstag, 19. Februar,
von 15.12 Uhr bis 16.04

Mir kemman jetzt in die Alchimistenhöhle."
Der Leiter der Führung durch die Further Felsengänge beleuchtete mit seiner Handlampe einen niedrigen Durchgang, der grob aus den Felsen gehauen war. Ferdl tat so, als würde er sich interessieren.

Er war nicht hier, um Sehenswürdigkeiten zu bestaunen. In der Anonymität der Touristentruppe wollte er diskret ein nicht ganz legales Geschäft abwickeln. Besser gesagt, das Geschäft war komplett illegal.

Also blieb er etwas hinter der fast zwanzigköpfigen Gruppe zurück und musterte die einzelnen Besucher. Wer von denen war nur sein Kontaktmann? Die Besucher stiegen nacheinander durch die Öffnung in der Felsenwand in die Alchimistenhöhle. So hatte Ferdl die Gelegenheit einen nach dem anderen zu begutachten. Vereinbart war, dass die Person eine Baseballkappe mit den aufgedruckten Ziffern vier und drei tragen würde. Aber außer einigen Pudelmützen war keine der Abmachung entsprechende

Kopfbedeckung zu sehen.

Der bärtige Fremdenführer winkte jetzt Ferdl ungeduldig zu, endlich nachzukommen. Ferdl tat überrascht, doch dann nickte er eifrig und folgte dem Rest der Gruppe in die Alchimistenhöhle. Hier waren mittelalterliche Laborgegenstände aufgebaut. Kerzenlicht und indirekte Beleuchtung gaben dem Raum eine geheimnisvolle Atmosphäre. Die Touristen verteilten sich so gut es ging in dem kleinen Raum und bewunderten die Ausstellungsstücke.

Da fiel Ferdl ein Mann auf, der anscheinend ebenfalls nach jemand Ausschau hielt. Als der Fremde zu ihm sah, tippte Ferdl wie zum Gruß an eine imaginäre Hutkrempe. Der andere runzelte zunächst die Stirn, dann schien ihm etwas einzufallen. Er kramte in seiner Manteltasche, zog etwas heraus und boxte es zurecht. Schließlich setzte er die Kappe auf – darauf eine große „34". Ferdl atmete tief durch. Das war sein Mann!

Ferdl drängte sich in der engen Felsenkammer durch die anderen Touristen und versuchte in die Nähe der Baseballkappe zu kommen. Er tastete nach dem Umschlag in der Innentasche seiner Jacke. Er enthielt die Zweitschlüssel und den Fahrzeugschein seines BMWs. Ferdl musste den Wagen umgehend zu Geld machen. Der Grund war recht einfach. Er spielte leidenschaftlich gern Karten. Am liebsten um

Geld. Schon öfter war er deswegen in Geldnöte geraten. Aber diesmal war es besonders schlimm. Er hatte es wissen wollen und sich auf eine Pokerrunde mit hohem Einsatz eingelassen. Mit Leuten, die er zuvor noch nie gesehen hatte.

Anfangs waren sie noch freundlich gewesen, hatten ihm immer wieder Kredit gewährt, bis Ferdl bei ihnen mit einer fünfstelligen Summe in der Kreide war. Als Ferdl seine Schulden nicht begleichen konnte, wurden sie ungemütlich. Sie warteten nicht gerne lang, machten sie ihm klar.

Allerdings hatten sie ihm auch verraten, wie er schnell zu Geld kommen könnte. Den Vorschlag konnte Ferdl nicht ablehnen, zumal die Aussicht bestand, dass er bei der Sache am Ende sogar finanziell besser dastehen würde als zuvor.

Trotzdem: Wenn das hier vorbei war, würde Ferdl sich nur noch auf die wöchentlichen Schafkopfrunden am Stammtisch beschränken. Das hatte er sich geschworen.

Der Fremde stand jetzt direkt neben ihm und hielt ebenfalls einen Umschlag in der Hand. Er nickte Ferdl kurz zu, dann tauschten sie die Umschläge. In dem schummrigen, flackernden Licht, das hier unten herrschte, konnte das niemandem aufgefallen sein. Ein idealer Ort für die Übergabe. Nur Touristen; niemand, der ihn kannte.

Ferdl drehte sich kurz zur Wand und warf einen Blick in den Umschlag: zehn große lilafarbene Scheine – die Autoschieber hatten Wort gehalten. Der Rest würde auch klappen. Morgen früh würde der BMW verschwunden sein – alles würde so aussehen, als sei er gestohlen worden. Die Pokerspieler hatten den Wagen und er seine Schulden los.

Supersache, dachte Ferdl. Seine Kfz-Versicherung würde ihm den Wert des Autos erstatten. Ferdl hatte recherchiert. Der BMW war noch locker 40.000 Euro wert. Wenn das Geld da war, würde er sich einfach einen neuen Wagen kaufen.

Den Rest der Führung verbrachte Ferdl in Vorfreude auf den Geldsegen. Den Fremden mit der Kappe ignorierte er geflissentlich. Es sollte niemand sollte einen Verdacht schöpfen.

Als er mit den anderen die Felsengänge verlassen hatte, stellte er den BMW, wie vereinbart, am Straßenrand in der Nähe seiner Wohnung ab. Ein wenig wehmütig war ihm schon ums Herz, als er ein letztes Mal die Wagentür schloss. Aber was sein musste, musste eben sein. Insgesamt war das Ganze doch immer noch ein gewinnbringendes Geschäft.

Am nächsten Morgen war der BMW weg. Ferdl lamentierte vor seiner Familie laut herum. Als er meinte, dass jetzt genug gejammert sei, rief er die Versicherung an. Sein Auto sei in der Nacht gestohlen worden, das wolle er melden.

Nach einigem Rascheln und Tastenklicken kam die Antwort des Versicherungsangestellten: „Da ham S' leider Pech g'habt. Diebstahl ist bei der Haftpflicht nicht mit abg'sichert. Da bräuchten S' scho a Kasko. Aber die ham S' ja letzten November kündigt, weil's Ihnen z'teuer war."

Ferdl stand da wie vom Donner gerührt. Mit einem Schlag wurde ihm klar, dass er seinen 40.000 EuroBMW praktisch verschenkt hatte.

SELTENE VÖGEL

Lindau,
im Lindenhofpark
Samstag, 3. April,
von 13.44 Uhr bis 14.08 Uhr

Sammy strolchte durch den Lindauer Lindenhofpark und hielt unauffällig Ausschau nach
Besuchern, die zu schwer an ihrer Handtasche zu
tragen hatten. Da war er immer gerne bereit, ihnen
diese Last abzunehmen. Taschendiebstahl war seine
Leidenschaft und er war äußerst kreativ darin, sich
immer wieder neue Methoden einfallen zu lassen,
um an seine Beute zu gelangen.

Heute waren etliche Lindauer unterwegs, um die
ersten warmen Tage des Jahres zu genießen. Auch
Sammy freute sich, nach den langen Wintermonaten
endlich wieder an der frischen Luft arbeiten zu können. Die klimatisierte Atmosphäre in den Kaufhäu-
sern war auf Dauer nicht gut für seine Nasenneben-
höhlen.

Er befand sich gerade in der Nähe des Gärtner-
hauses und atmete tief durch. Für einen kurzen Moment schloss er die Augen. Da holten ihn laute Stimmen aus seiner Meditation. Eine ältere Dame mit einem Rollator kam in Begleitung einer jungen Frau

den Parkweg entlang. Sie unterhielten sich lautstark.

„Hasch au mein Geschmeide für d' Ohre dabei, Julita?"

Mit geschultem Blick stellte Sammy fest, dass es sich bei der älteren Frau um eine anscheinend gut betuchte Rentnerin handelte. Die junge Frau war mit Sicherheit ihre Haushaltshilfe.

„Ja, sicher, Trudi", rief die junge Frau mit osteuropäischem Akzent und hielt eine Handtasche hoch. „Dein Ohrenschmuck ist hier drin."

Trudi lachte und wackelte mit dem Kopf. „Ohne die Klunker kann ich mich ja im Café net blicke lasse."

Sammy war sofort hellhörig geworden. Geschmeide, Klunker – das hörte sich nach wertvollen Schmuckstücken an. Die waren Sammys Spezialität. Er hatte einen Abnehmer, der ihm dafür immer faire Preise bezahlte.

Die zwei Frauen waren anscheinend zum Strandcafé Lindenhof unterwegs. Jetzt galt es, dran zu bleiben. Unauffällig und immer von den Büschen und Sträuchern am Wegrand gedeckt folgte er ihnen und wartete auf eine günstige Gelegenheit. Die kam schneller als erhofft.

„Komm, Julita." Trudi steuerte ihren Rollator auf eine Bank zu. „Mer setzed uns noch e paar Minute uffs Bänkle."

Sammy hatte sich hinter einem Busch verborgen und wartete, bis die beiden es sich auf der Bank gemütlich gemacht hatten. Trudi saß mit geschlossenen Augen da und genoss sichtlich die warmen Sonnenstrahlen. Julita hatte einen kleinen Taschenspiegel hervorgeholt und überprüfte ihr Make-Up.

Sammy entschied sich für die Pfeifer-Variante, um an Trudis Handtasche zu kommen. Er verließ sein Versteck und schlenderte zu der Bank, während er immer wieder links und rechts in die Luft schaute. Er tat dabei so, als wäre er ganz in irgendwelche Beobachtungen vertieft.

Zufrieden stellte er fest, dass er bereits die Aufmerksamkeit seiner Opfer erregt hatte. Beide sahen im erstaunt zu. Kurz vor der Bank drehte Sammy sich um und lief einige Meter rückwärts, bis er fast über Julitas Füße stolperte.

„Uffgepasst, junger Mann", rief Oma Trudi und griff nach ihrem Regenschirm. „Immer schön Abstand halte!"

Sammy tat erschrocken und entschuldigte sich höflichst.

„Sind Sie der Hans-Guck-in-die-Luft?", fragte Trudi lautstark, wobei sie mit dem Regenschirm vor Sammys Nase herumfuchtelte. „Oder nach was suched Sie da obe?" Der Regenschirm zeigte jetzt zum Himmel.

„Ich bin Ornithologe", erklärte Sammy mit verträumtem Blick. „Hier im Park gibt es einige sehr seltene Vögel."

„Von dene Sie wohl au einer sind", bemerkte Trudi trocken und legte den Schirm zur Seite.

Sammy zeigte auf einen Busch hinter der Bank. „Schauen Sie, genau hinter Ihnen sitzt ein Wiesenrainpfeifer."

Julita und Trudi drehten sich um und suchten mit den Augen das Gebüsch ab. Und schwupps – schon war Trudis Handtasche unter Sammys Jacke verschwunden. Jetzt musste er nur noch für einen schnellen, aber unverdächtigen Abgang sorgen.

„Do isch koi Pfeifer et", bemängelte Trudi.

„Nein, denn er ist gerade da hinüber geflogen!" Sammy zeigte mit dem Finger in irgendeine Richtung. „Wenn ich mich beeile, erwische ich ihn noch!"

Dann rannte er los, quer über die Wiese zu den Bäumen, wo ihn die zwei Frauen nicht mehr sehen konnten. Er steuerte zunächst die Villa Lindenhof an, ließ sie aber links liegen und umrundete im Schutz der Bäume den großen Blumengarten. Weiter ging es querfeldein durch den Park zur Ruine Dingelstein, seinem Rückzugsort im Park.

Dort lehnte er sich gegen eine Mauer und schnaufte durch. Dann widmete er sich seiner Beute.

In der Handtasche befand sich der übliche Krimskrams, aber auch eine Schatulle. Darin mussten die wertvollen Ohrringe sein.

Sammy grinste zufrieden, als er die Schatulle öffnete. Doch dann fielen seine Mundwinkel schlagartig nach unten. Das waren keine Ohrringe, sondern das sah genauso aus wie – zwei Hörgeräte.

DER VERDACHT

Nagel am See
im Fichtelgebirge
Dienstag, 6. Juli,
8.24 Uhr bis 9.12 Uhr

Eigentlich sollte es ein ganz normaler Urlaubstag werden. Alfons kam gerade vom Frühsport und wollte sein Mountainbike in den Hinterhof des Gasthofs Kramer bringen. Er war ganz schön außer Atem. Normalerweise machte ihm die morgendliche Runde von Reichenbach nach Nagel und zurück keine Probleme. Aber heute hatte er schwere Beine und vor allem einen schweren Kopf. Was wohl an den vielen Krügen voll fränkischen Biers lag, die er gestern Abend getrunken hatte.

Jetzt aufs Zimmer, duschen, und nach dem Frühstück noch eine Runde im Nagler See schwimmen. Das sollte seinen Kater endgültig in die Flucht schlagen. So war sein Plan.

Doch da hörte er Geräusche auf dem Hinterhof. Die barschen Stimmen zweier Männer. Alfons wollte in seinem verschwitzten und völlig erschöpftem Zustand lieber niemandem begegnen. Deswegen zöger te er, den Hinterhof zu betreten. Er lehnte sein Fahrrad an die Hauswand und wollte warten, bis die

Männer verschwunden waren.

„Host die Büxn erledigt?", fragte der eine in bestem Fränkisch.

„Erledigt! Ich habs in en Müllsack nei!", kam die Antwort.

Alfons erstarrte. Vor Aufregung zitternd presste er sich an die Hauswand, um nicht gesehen zu werden.

Die hatten die Büxn erledigt!

Alfons wusste, wer das Opfer war. Gestern Abend war er im Gasthof Kramer gesessen, hatte dem rätselhaften Dialekt der Einwohner gelauscht und dabei einige Biere getrunken. Dass er dabei, entgegen seiner Gewohnheit, viel zu viel getrunken hatte, hatte an der hübschen Bedienung gelegen, die seinen leeren Krug immer wieder ungefragt aufgefüllt hatte.

Sie war eine wahre Schönheit gewesen. Hoch gewachsen, eine feuerrote Haarmähne, und eine Figur, die Alfons zum Träumen verleitet hatte. Sein rotgesichtiger Tischnachbar hatte das offensichtlich bemerkt und ihn angestupst.

„A saubers Weibsbild, gell? Aber die derfst net anlanga. Des is die Büxn vom Kramerwirt!", hatte ihm der Mann mit schwerer Zunge verraten.

Büxn! Ein ungewöhnlicher Name, fand Alfons – in seiner Heimat im Sauerland war der jedenfalls nicht bekannt.

Und jetzt war sie ermordet worden! Erledigt, wie ihre brutalen Mörder das schonungslos nannten. Alfons musste etwas unternehmen. Schweiß tropfte auf das Display seines Handys, als er die Nummer der Polizei wählte und hastig seinen Verdacht meldete.

Dann lugte er wieder um die Hausecke.

„Ganz schee schwer, die Büxn", sagte der eine, ein stämmiger Bartträger. Er und sein zu kurz geratener Kumpane schleppten einen Müllsack aus dem Kelleraufgang des Gasthofs. Alfons war sich sicher: In dem Sack musste die Leiche sein!

Ein leichter Schwindel erfasste ihn und er lehnte sich wieder an die Hauswand, um einige Male tief durchzuatmen.

„Ruhig, Alfons!", flüsterte er sich selbst zu. „Gaanz ruhig!" Dann wagte er es wieder, seine Beobachtungen fortzusetzen.

„Immer bleibt die Drecksarbeit an uns hänga", beschwerte sich der Kurze jetzt. „Soll doch der Chef selber hinlanga, wenn ihm was im Weg is."

Alfons war entsetzt über soviel Skrupellosigkeit. Die Verbrecher redeten, als wäre Mord ihr Tagesgeschäft. Das waren bestimmt gedungene Profis! Wahrscheinlich ein ganze Bande!

Er musste die Mörder irgendwie aufhalten, bis die

Polizei eintraf. Noch einmal atmete er tief durch, dann nahm er seinen ganzen Mut zusammen, sprang aus seiner Deckung hervor und rief: „Das Spiel ist aus! Lassen Sie den Sack fallen!"

Die beiden gehorchten verdutzt.

„Was is jetz des für Kaschper?", fragte der Bärtige.

„Alfons Romeike! Ordnungsamt Hagen!", versuchte Alfons Eindruck zu schinden. Was ihm nicht gelang, denn die Mordbuben lachten böse und krempelten die Ärmel hoch. Grinsend kamen sie auf ihn zu.

„Jetz wenn's di net glei schleichst, dann kannst was erleben, Börschla!"

Alfons verstand zwar wieder nur die Hälfte, aber es reichte aus, um zu kapieren, dass die beiden ihm ans Leder wollten.

„Stehenbleiben! Polizei!", ertönte da eine energische Frauenstimme hinter ihm. Als er sich umdrehte, erblickte Alfons eine schlanke, gut aussehende Polizistin. Der man aber gleichzeitig auch deutlich ansah, dass sie gerade keinen Spaß verstand. Am Straßenrand stand ein Streifenwagen, aus dem ein zweiter Beamter ausstieg. Alfons atmete auf und suchte Schutz hinter der Uniformierten.

„Was ist in dem Müllsack?" Die Polizistin musterte die beiden streng und knöpfte ihren Pistolenholster auf.

„Na, die Büxn vom Kramerwirt, was denn sonst?" Der Kurze schüttelte verständnislos den Kopf.

„Da!", rief Alfons fassungslos. „Die geben es einfach zu! Das sind ganz abgebrühte Kerle."

Der Bärtige grinste unverschämt und hob den Sack hoch. Ein Haufen leerer Blechbüchsen schepperte auf die Pflastersteine. Da ahnte Alfons, dass er es wieder einmal geschafft hatte, sich in aller Öffentlichkeit zum Trottel zu machen.

Die Polizistin winkte Alfons zu sich, der mit krebsrotem Kopf dastand.

„Jetz passen S' auf! Bei uns in Franken gibt's zwei Sorten Büchsen. Einmal solche ..." Sie deutete auf den Haufen leerer Dosen. Dann legte sie die Hände an die Hüften und drehte sich hin und her.

„Und es gibt solche Büxn", erklärte sie und zwinkerte Alfons zu.

TANTE GERDAS LETZTE REISE

Michelstadt
Donnerstag, 25. Februar,
von 12.46 Uhr bis 13.16 Uhr

Um Himmels wille! Tant' Gerda ist dod! Ermorded!", klang ein Schrei vom Reisebus zu mir herüber. Ich wandte den Blick ab von dem beeindruckenden Fachwerkbau des Michelstädter Rathauses. Die Februarsonne war schon erstaunlich warm.

Tobias stand vor der Bustür, seinen Rucksack in der Hand und war weiß wie ein Käse. Anscheinend war er gerade im Bus gewesen. Ich hatte Tobias, seine Schwester Biggi und ihre Tante Gerda auf der Ausflugsfahrt durch den Odenwald kennengelernt.

Was hatte der junge Mann im Bus gewollt? Hatte er nach seiner Tante gesehen? Die war auf ihrem Platz sitzen geblieben, als alle anderen ausgestiegen waren. Die anderen Mitreisenden vertraten sich jetzt die Beine auf dem Michelstädter Rathausplatz. Einige besorgten sich am Imbissstand eine Wurstsemmel.

Auch ich hatte mich dort in die Schlange eingereiht, eilte jetzt aber zurück zum Bus. Als ich näher kam, konnte ich Tante Gerda im Bus erkennen. Ihr Kopf lehnte an der Fensterscheibe. Es sah aus als würde sie schlafen. Gleichzeitig mit mir kam Biggi bei ihrem Bruder an. Auch sie sah jetzt ihre Tante im Bus. Sie schlug entsetzt eine Hand vor den Mund.

„Tobi! Was hoschd du gedo? Du hoschd se erschdoche! Wesche ihr'm Geld! Hod se dir nix gebbe welle?"

Das brachte wieder Farbe ins Gesicht des jungen Mannes, die allmählich von weiß auf puterrot wechselte. Hannes Diesel, unser Busfahrer, kam ebenfalls dazu und packte Tobias am Arm.

„Fingä wech!" Tobias befreite sich wütend aus dem Griff des Busfahrers und ging auf seine Schwester los. Wie zwei Ringkämpfer standen die Geschwister sich jetzt gegenüber. Da hatte sich anscheinend einiges an Wut aufgestaut. Aber war es so viel, dass es für einen Mord gereicht hatte? Das Motiv lag auf der Hand. Es ging mal wieder ums liebe Geld.

Tobias stand mit geballten Fäusten vor seiner Schwester und rief: „Was soll des, du Schlabbmaul? Ich han 's Tant Gerda nix gedo! Sie war scho dod." Er hob den Zeigefinger und stach damit in Biggis Richtung. „Du hoschd doch alleweil Geld welle!"

Biggi wich mit einem Schrei zurück. „Nä!"

Tobias ließ nicht locker. Sein erhobener Finger

zeigte jetzt auf Biggis Übergangsjacke. „Was isch des für a Flegg! Des siehd wie Blud aus!"

Biggi sah erschrocken auf ihre Jacke. Doch schnell hatte sie sich wieder gefasst und winkte ab. „Lenk ned ab, du Mischdkerl. Des isch Kedschap. Vorhin bei der Wärschdschebud ist mir die Flasch aus de Hend gerudschd."

Ich schnappte mir mein Smartphone. Da musste die Polizei her! Der Busfahrer allein konnte die Situation nicht meistern. Er war gerade vollauf damit ausgelastet, den anderen Mitreisenden zu erklären, was passiert war.

Biggi boxte ihm jetzt auf den Oberarm. „Gugge Se in sein' Ruggsagg!", kreischte sie. „Isch wett, da isch de Mordwaff drin!"

Hannes Diesel schien überfordert zu sein. Abwechselnd blickte er zu Tobias, dann wieder auf den roten Fleck auf Biggis Kleidung.

„Gugg isch ebbe selber, Schloofhaub", grunzte Biggi und riss den Rucksack ihres Bruders an sich. Tatsächlich zog sie ein blutverschmiertes Messer aus dem Rucksack. Erschrockene Rufe kamen aus der Gruppe der Mitreisenden, die inzwischen einen Ring um das Geschwisterpaar gebildet hatten.

„Do!" Ihre Stimme wurde noch schriller. „Des isch des Messer, mit dem mei geldgierische Bruder unser Tant Gerda ermordet hod!" Sie fuchtelte mit der Waffe gefährlich nahe vor den Gesichtern der Umstehenden herum. Die wichen entsetzt zurück.

Ich überlegte fieberhaft, was zu tun war. Während der Busfahrt hatte ich einiges über das Trio erfahren. Tante Gerda war ziemlich reich gewesen, und die Geschwister waren die zukünftigen Erben ihres Vermögens. Letzteres stimmte anscheinend nicht mehr. Sonst würde Tante Gerda wahrscheinlich noch leben. Biggi hatte einen roten Fleck auf ihrer Jacke und Tobias ein blutiges Messer im Rucksack. Jeder der beiden konnte es gewesen sein.

Ich ging die paar Meter zu dem Stand, an dem die Bratwurstsemmeln verkauft wurden und sah mich um. Dann war mir alles klar! Jetzt musste ich schnell handeln, bevor noch mehr passierte. Tobias und vor allem seine Schwester standen derart unter Strom, dass die Sache schnell eskalieren konnte.

Die Situation am Bus war inzwischen tatsächlich kurz davor, außer Kontrolle zu geraten. Tobias hatte sich auf seine Schwester gestürzt und versuchte ihr das Messer zu entreißen, während Hannes Diesel um die beiden herumhüpfte und nicht wusste, wie er eingreifen sollte. Deswegen übernahm ich das Eingreifen jetzt selbst.

Jeder Herr meines Alters hat ständig einen Regenschirm bei sich. Und den konnte ich jetzt gut gebrauchen. Mit einem gezielten Hieb prellte ich der hysterischen Frau das Messer aus der Hand. Dann setzte ich ihr die Spitze des Regenschirms auf die Brust. Mitten auf den roten Fleck!

„Das – ist kein Ketchup. An dem Stand haben sie nur Senf! Außerdem, woher wussten Sie von der Mordwaffe? Ihr Bruder hat nie gesagt, dass Ihre Tante erstochen wurde!"

Biggi funkelte mich wild an. „Sie wollt mer kä Geld gebbe!" Dann wirbelte sie herum und versuchte zu flüchten.

Ich warf dem Busfahrer einen schnellen Blick zu. Diesmal wusste er, was zu tun war! Mit einem Schritt war er bei Biggi und nahm sie in den Schwitzkasten.

Da brauste auch schon mit lautem Lalü der Polizeiwagen heran.

ULMER ART

Ulm,
beim Museum
Mittwoch, 27. Oktober,
von 3.16 Uhr bis 4.24 Uhr

Jetzt das Brecheisen!", flüsterte Günther. Karle trat seine Kippe aus und zog das Werkzeug unter seinem Parka hervor. Gerade wollte er es an dem Zigarettenautomaten ansetzen, als lautes Sirengeheul die Stille der Ulmer Oktobernacht zerriss.

Blaulicht flackerte und kam rasch näher. War das etwa die Polizei? Und wenn ja, woher konnten die wissen, dass das Gaunerduo gerade heute und hier einen Zigarettenautomaten knacken wollten? Wie auch immer – sie mussten hier weg!

Günther und Karle flitzten um die nächste Straßenecke. Vorsichtig lugte Günther um die Ecke.

„Des isch nur ein Krankenwagen", raunte er Karle zu. Leider hatten die Sanitäter genau in dem Haus gegenüber ihren Einsatz. Und das konnte dauern. Zudem gingen jetzt nacheinander in den Wohnungen die Lichter an. Fenster wurden geöffnet, neugierige Nachbarn lehnten sich nach draußen und begannen lautstark miteinander zu diskutieren.

Günther fluchte leise. Die Aktion konnten sie

vergessen.

„Nicht mal nachts um drei hat man Ruhe!" Er drehte sich zu Karle um. Aber der war weg. Günther sah sich suchend um. Aah, dort, unter einen defekten Straßenlaterne, konnte er die glimmende Spitze einer Zigarette entdecken. Karle hatte sich gleich wieder eine angesteckt und gestikulierte wild.

Karle war Kettenraucher, auch Günther quarzte kräftig. Ihren enormen Kippenverbrauch deckten sie durch regelmäßige Automatenbrüche in Ulm und Umgebung. Was sie nicht selbst verqualmten, machten sie auf dem Schwarzmarkt zu Geld. Außerdem gab es bei jedem Bruch auch noch mehr oder weniger viel Geld einzusacken.

Als Günther bei seinem Komplizen angekommen war, zeigte ihm Karle, was er entdeckt hatte. An einer Hauswand hing ein weiterer Automat. Dazu noch ein älteres Modell, wie Günther trotz der Dunkelheit der mondlosen Nacht erkennen konnte. Das ließ sich spielend knacken.

Der Kasten hing an der Wand des Museums am Ende des Marktplatzes. Ein etwas eigenartiger Standort für einen Zigarettenautomaten, dachte Günther. Aber auf jeden Fall hatten sie hier Ruhe.

Er sah sich um. Der Platz vor dem Museum war um diese Uhrzeit verlassen. Der Krankenwagen stand in ausreichender Entfernung. Blaulicht und

Martinshorn ausgeschaltet. Zudem war es dank der kaputten Laterne stockfinster. Hier würden sie problemlos Beute machen können.

Günther klopfte seinem Kumpanen auf die Schulter. „Prima, Karle, wir nehmen einfach diesen Automaten."

Karle zückte wieder die Brechstange, setzte zweimal an und mit einem kaum hörbaren Klicken schwang der Metallkasten auf. Die Geldkassette war wohl erst kürzlich geleert worden, aber die Schächte waren bis oben hin gefüllt. Günther zog zwei große Plastiktüten aus seiner Cargohose und im Handumdrehen hatten sie die Päckchen aus dem Automaten in die Tüten geräumt.

Karle klappte den Automaten wieder zu und verstaute die Brechstange in der eigens dafür eingenähten Innentasche seines Parkas. Dann schlichen sie im Schatten der Häuser davon. Günthers alter Kombi stand nur einige Straßen weiter.

„Hoffentlich isch da auch mei Marke dabei", flüsterte Karle, als sie kurz darauf in der Kramergasse in ihren Wagen stiegen. Sie fuhren aus der Innenstadt hinaus. Während der Fahrt hatte Günther eine Zeitlang das Gefühl, dass ein anderer Wagen etwas zu lange hinter ihnen herfuhr. Aber er war dann doch noch abgebogen.

Schließlich hielt Günther in einer Seitenstraße an.

Hier konnten sie ungestört ihre Beute begutachten.

„Das sind minimum hundert Packungen." Günther rieb sich die Hände. „Da kriegen wir einen schönen Batzen Geld dafür." Er langte nach hinten und holte eine Packung aus den Tüten.

„So, jetzt zünden wir uns erscht eine an! Mach mal Licht, Karle!" Karle schaltete das vom Zigarettenrauch völlig vergilbte Innenlämpchen ein.

Günther hielt eine Schachtel in das spärliche Licht. „Was soll das denn? Ulmer Art! Was isch das denn für ne Sorte?" Verwirrt öffnete er die Schachtel – und zog ein Bildchen heraus. „Da sind ja gar keine Kippen drin!"

Er öffnete noch zwei weiter Schachteln . In der einen Packung fand Günther wieder ein Bildchen und aus der anderen zog er eine kleine Figur, dazu jeweils einen Beipackzettel. Was darauf stand konnte er wegen der schummrigen Innenbeleuchtung und der kleinen Schrift nicht lesen. Auch Karle riss einige Schachteln auf – mit dem selben enttäuschenden Ergebnis.

Da klopfte es unvermittelt an der Scheibe und im selben Augenblick wurde das Innere des Wagens von zwei lichtstarken Taschenlampen ausgeleuchtet. Günther kurbelte die Scheibe nach unten.

„Da ham wir ja die Kunschtdiebe!", ertönte eine sonore Stimme. Die beiden Männer vor dem Auto

trugen Polizeiuniformen. „Könnt ihr Automaten-
knacker euch nicht an Zigaretten halten? Müsst ihr
jetzt auch noch den erschten und einzigen Kunstau-
tomaten von Ulm ausräumen?"

EIN DIEB KOMMT SELTEN ALLEIN

Passau
Freitag, 10. Februar,
von 20.48 Uhr bis 22.58 Uhr

Dunkelheit hatte sich nach Ladenschluss im Möbelhaus ausgebreitet. Gustl öffnete vorsichtig von innen die Türen des Schranks, in dem er sich vor dem Wachmann versteckt hatte. Hier in der Schlafzimmerabteilung gab es genügend groß-räumige Kleiderschränke, in denen selbst eine so korpulente Person wie Gustl bequem Platz fand.

Gustl sicherte zunächst nach links und nach rechts, bevor er sein Versteck verließ. Von dem Wachmann war nichts zu sehen. Nach den Informa-tionen, die Gustls Kompagnon Tscharlie eingeholt hatte, würde der Wachmann in etwa fünfzehn Minu-ten seine erste Runde und nach elf seine zweite Run-de beginnen. Zwischen diesen beiden Runden muss-te das Ding gedreht werden.

Gustl schlich durch die Polstermöbelabteilung zu einem der Lieferanteneingänge. Den Weg dorthin hatte er tagsüber ausgespäht.

Gustl war der Türöffner des Gaunerduos; Tscharlie hingegen der Mann, der die Pläne machte und nach einem erfolgreichen Einbruch das Geschäftliche erledigte. Gustl war zufrieden mit dieser Aufteilung, denn Nachdenken strengte ihn einfach zu sehr an. Wenn er es versuchte, bekam er regelmäßig Kopfschmerzen. Dafür verfügte er über ein hervorragendes Fingerspitzengefühl, vor allem, wenn es um verschlossene Türen ging.

Die schwere Stahltür am Lieferanteneingang hatte kein hochwertiges Schloss, so dass Gustl keine Mühe hatte, sie mit dem passenden Werkzeug zu knacken. Er schob sie ein Stück auf und blickte nach draußen. Die Parkflächen vor dem Möbelhaus verschwanden allmählich unter einer Schneedecke. Dahinter ragten die beleuchteten Türme des Passauer Doms in die Nacht. Weit und breit war kein Mensch zu sehen.

Ein eisiger Wind wehte durch den Türspalt und Gustl lehnte die Tür wieder an. Jetzt, da alles vorbereitet war, musste er nur noch Tscharlie informieren.

Sein Komplize Tscharlie und er hatten sich auf edles Küchenzubehör spezialisiert. Teure Küchenkleingeräte und japanische Messersets konnte man gut verticken. Bisher waren sie nur in kleinere Küchenstudios eingebrochen. Das war mühsam und brachte nicht wirklich viel ein. Deswegen sollten sie mal richtig zulangen, hatte Tscharlie gemeint. Er hatte für heute Nacht sogar einen Kleintransporter geliehen, um möglichst viel wegschaffen zu können.

Von dem Erlös dieses Fischzugs könnten sich dann beide ein paar Wochen Urlaub im Süden gönnen, hatte Tscharlie verkündet.

Gustl zückte sein neues Smartphone. Tscharlie hatte ihn angewiesen, auf keinen Fall anzurufen, sondern ihm eine Nachricht zu schicken. Gustl hatte nicht recht verstanden warum, und als er versucht hatte, eine Erklärung dafür zu finden, hatten sich sofort wieder Kopfschmerzen angekündigt.

Die Bedienfläche des Geräts leuchtete auf und Gustl blickte auf eine Vielzahl kleiner Symbole. So richtig gut kannte er sich mit dem Smartphone nicht aus. Jahrelang hatte ihm sein altes Klapphandy gute Dienste geleistet, aber mit dem konnte er die Mädels in seiner Stammkneipe kaum beeindrucken. Also hatte er sich für ein moderneres Gerät entschieden.

Tscharlie hatte ihm genau erklärt, wie er den Messengerdienst aufrufen konnte. Gustl hatte auch alles kapiert, aber jetzt sahen alle diese kleinen Bildchen irgendwie gleich aus. Gustl drückte nacheinander auf die Symbole, bis er in einer Liste ein Bild von Tscharlie entdeckte. Er tippte auf das Bild und eine kleine Tastatur erschien. So musste es gehen. Zufrieden tippte Gustl seine Nachricht ein.

Er schmunzelte, als er sie noch einmal las:

Die Party im XXXL kann steigen! Nebeneingang ist offen. Beste Zeit ab halb zehn.

Gustl huschte in den geräumigen Kleiderschrank zurück, damit ihn der Wachmann auf seiner ersten Runde nicht entdeckte. Dort streckte er sich aus und gähnte herzhaft. Kurz darauf fielen ihm die Augen zu und er schlief ein.

Lautes Gelächter vor dem Schrank weckte ihn aus seinem Schlummer. Gustl schreckte hoch und lugte durch einen Spalt. Er sah ein Pärchen, das Arm in Arm in der Schlafzimmerabteilung unterwegs war. Die beiden waren offensichtlich angetrunken.

Was war da los? Gustl schlüpfte aus seinem Versteck. Auch aus anderen Richtungen hörte er laute Stimmen und Gelächter. Die Wohnzimmerabteilung war mit Kerzen ausgeleuchtet und fremde Leute lümmelten auf den Polsterecken. Sogar Musik hatten sie mitgebracht.

Irgendetwas lief hier gewaltig schief. Gustl warf einen Blick auf die Uhr. Zehn Uhr war längst vorbei. Tscharlie hätte schon seit fast einer Stunde da sein müssen. Und jeden Augenblick konnte der Wachmann auftauchen.

Gustl huschte zum Seiteneingang. Der stand sperrangelweit offen und gerade trudelte ein Trupp von mindestens zehn Leuten ein, die grölend eine Kiste Bier mitschleppten. Ihnen folgte eine einzelne Person. Der Mann stapfte mit ausgreifenden Schritten durch den Schnee und schien aus irgendeinem

Grund sehr wütend zu sein.

Das war Tscharlie – Gottseidank!

Gustl trat aus dem Schatten und winkte ihm zaghaft zu. Tscharlie packte ihn zur Begrüßung am Kragen und zischte: „Wos host du Dorfdepp do widda angstellt? Und warum host mir koa Nochricht gschickt?"

„Aber ich hob doch ..."

Tscharlie drückte und wischte kurz auf seinem Smartphone herum, dann fluchte er und schüttelte Gustl erneut. „Bisd wahnsinnig worn? Du host des auf Facebook gschriebn. Des hot a jeder lesen könna."

ERICH UND DIE MAFIA

Erich saß im *Spinnrädle*, seinem Stammlokal in der Kaiserslauterer Innenstadt, und genoss seine allabendlichen Schoppen Wein. Dabei beobachtete er aus den Augenwinkeln die zwei Männer am Nebentisch. Südländer, dem Aussehen nach. Die Unterhaltung der beiden war so interessant, dass Erich inzwischen schon beim zweiten Dubbeschoppen angelangt war.

An einem anderen Tisch brach immer wieder lautes Gelächter aus, sodass Erich nur Teile des Gesprächs der beiden mitbekam. Aber es drehte sich ganz klar um Geld, da war sich Erich sicher.

„Knete aus eigener Fertigung, Claudio", sagte gerade der eine. „Und die Farben sind astrein." Er zeigte die Qualität der Farben mit Zeigefinger und Daumen an. Erich bekam große Ohren. Er war zwar schon etwas angetrunken, aber er konnte immer noch eins und eins zusammenzählen. Hier ging es mit Sicherheit um Falschgeld!

„Das glaub ich, Luigi", antwortete der andere. „Du bist ein Meister. Das weiß die ganze Familie.

111

Ich bin wirklich stolz, dich als Schwager zu haben"

Erich zog die Augenbrauen zusammen. Das hörte sich verdammt noch mal nach Mafia an. Er starrte nun die beiden unverwandt an. Der eine Italiener hatte das anscheinend bemerkt, denn er musterte jetzt ebenfalls Erich mit einem prüfenden Blick. Seine dunklen Augen funkelten. Schnell begann Erich in der Speisekarte zu blättern, um nicht weiter die Aufmerksamkeit der Gangster zu erregen.

Der Italiener wandte sich wieder seinem Schwager zu. „Der Koffer ist bei mir im Wagen. Kannst ihn gleich mitnehmen."

Als die beiden aufstanden, stürzte Erich das noch halbvolle Glas Wein hinunter, winkte dabei der Bedienung und zahlte ebenfalls. Er wollte den beiden folgen und, sobald er den Treffpunkt ausgespäht hatte, die Polizei informieren.

Draußen war es saukalt und finster. Erich schlug den Kragen seiner Winterjacke nach oben. Leicht schwankend, wegen der zwei Dubbeschoppen, aber zielstrebig, folgte er den Italienern. Die beiden steuerten das Ende der Fußgängerzone an. Erich vermutete, dass sie zu dem Parkplatz an der Sparkasse wollten. Gerade bogen sie um die nächste Straßenecke. Erich hinterher. Und plötzlich waren sie weg.

Suchend drehte sich Erich um die eigene Achse, geriet heftig ins Schwanken, und wäre fast gestürzt –

als ihn jemand mit festem Griff am Arm festhielt.

„Schön langsam", ertönte die Stimme des Italieners. Erich erkannte beim Aufblicken die funkelnden Augen sofort. „Sie wollen doch nicht, dass Ihnen was passiert. Warum verfolgen Sie uns?"

Erich geriet in Panik. Mit der Mafia war nicht zu spaßen. Er sah sich schon mit Betonschuhen auf dem Grund des Jagdhausweihers. Mit einem verzweifelten Schrei riss er sich los, wobei er wieder das Gleichgewicht verlor, wild herumfuchtelte und dabei dem anderen ungewollt einen Nasenstüber verpasste.

Immerhin sorgte er so dafür, dass seine Gegner auf Abstand gingen. Und sie schienen unbewaffnet zu sein. Glück für Erich, sonst wäre es wohl schon längst um ihn geschehen.

Als er nach einer Möglichkeit suchte, unbeschadet an den beiden vorbeizukommen, sah er, dass sich vom Ende der Fußgängerzone her ein Wagen näherte. Es war ein Polizeiwagen.

Die Rettung! Erich rannte torkelnd los. Die beiden Gangster ergriffen jedoch nicht die Flucht, sondern folgten ihm. Anscheinend hatten sie keinerlei Angst vor den Beamten. Erich rief um Hilfe.

Der Streifenwagen hatte angehalten und zwei Polizisten stiegen aus.

„Wos isch do los?", fragte der eine, wobei er das

Trio eingehend musterte.

Erich suchte schleunigst die unmittelbare Nähe der Beamten und erzählte seinen Verdacht. Dabei blickte er herausfordernd zu den beiden Mafiosi. Jetzt würden sie die ganze Härte des Rechtsstaats kennenlernen.

Seltsamerweise versuchten die immer noch nicht zu flüchten. Im Gegenteil – sie schienen sich köstlich zu amüsieren. Der eine feixte unverschämt und stieß seinen Schwager mit dem Ellbogen an, der daraufhin laut lachte.

Erich war entsetzt über so viel Abgebrühtheit. Das waren zwei ganz ausgekochte Burschen. Sie führten Erich und die Polizei sogar ohne irgendwelche Mätzchen zu ihrem Wagen und öffneten bereitwillig die Heckklappe.

Während der eine Polizist die Lage sicherte, leuchtete der andere in den Kofferraum. Dann holte er einen schwarzen Koffer heraus. Erich hielt den alkoholgeschwängerten Atem an. Jetzt kam die Wahrheit ans Licht! In dem Koffer war mit Sicherheit das Falschgeld.

„De Koffa isch wärklisch voller Knete", stellte der Beamte fest. „Hiä, gugge Se mol." Erich triumphierte. Aber nur kurz, denn der Beamte hielt ihm ein Glas mit bunter Knetmasse hin.

„Eine Spende für unseren Kindergarten", erklärte

Claudio. „Ich leite ihn. Luigi, mein Schwager, macht die Knetmasse selbst. Als Pizzabäcker ist er perfekt."

TOD IM SCHLOSSGARTEN

Weikersheim
Samstag, 5. Juni,
von 9.08 Uhr bis 9.48 Uhr

Todesursache?", fragte ich den Pathologen. Wir standen bei strömendem Regen im Weikersheimer Schlossgarten. Dort war der leblose Körper eines Mannes aufgefunden worden. Da alles auf eine Gewalttat hinwies, wurden wir hinzugerufen.

Die Leiche lag unter einer der barocken Statuen, die überall die Anlage schmückten. Mir fiel der teure Maßanzug des Toten auf, der allerdings durch den Regen ziemlich gelitten hatte. Der Mann war mit Sicherheit nicht unvermögend gewesen.

Der Mediziner erhob sich und schob die Kapuze seines Schutzanzugs aus der Stirn. Dann deutete er auf den Hinterkopf des Toten. „Schädelbruch – die Tatwaffe haben wir auch schon." Er zeigte mit dem Daumen hinter sich. Dort befand sich die Zwergengalerie.

Die Steinfiguren zeigten Angehörige des Hofstaates im Kleinformat. Einer der Zwerge, er stellte wohl einen Jäger dar, streckte dem Betrachter ein Schwert entgegen. Es war mit frischem Blut verschmiert. Das

Schwert war zwar aus Stahl, aber so fest mit der Skulptur verbunden, dass man es nicht abnehmen konnte.

Ich stellte mir vor, wie der steinerne Zwerg plötzlich lebendig wurde, von seinem Sockel stieg und mit dem Schwert zustach.

„Den Zwerg können wir als Täter wohl ausschließen", scherzte ich.

Der Pathologe verdrehte die Augen. „Das Opfer wurde mit brutaler Wucht gegen die Statue gestoßen. Das Kurzschwert befindet sich genau in der richtigen Höhe."

Ich nickte. „Der Stoß war wohl Absicht. Was wissen wir über das Opfer?"

Mein Kollege hatte sich schon schlau gemacht und konnte einiges erzählen. Es handelte sich um Martin Borchert, den Gründer eines erfolgreichen Start-Up-Unternehmens. Es kursierten Gerüchte von einer Übernahme durch einen amerikanischen Großinvestor. Angeblich ging es um Millionen. Ich erinnerte mich an einen diesbezüglichen Zeitungsartikel.

Mein Kollege hatte auch erfahren, dass Borchert und seine Teilhaber, Braun und Klamm, zu einem Meeting seit gestern in Weikersheim waren. Braun und Klamm hatten auch die Leiche gefunden und die Polizei verständigt.

Die beiden Teilhaber standen vor dem Herkulesbrunnen unter ihren Regenschirmen und versuchten ihre teuren Anzüge vor der Nässe zu schützen. Ich stapfte über den nassen Schotter zu ihnen hinüber.

Meine Befragung ergab Folgendes: Die drei Jungunternehmer hatten gemeinsam bis um acht Uhr im Hotel Grüner Hof gefrühstückt. Danach hatten sie sich für acht Uhr dreißig im Schlossgarten verabredet. Sie wollten dort bei einem Spaziergang noch einmal in Ruhe über das Pro und Contra eines Firmenverkaufs reden.

Borchert war trotz des schlechten Wetters schon vorgegangen. Braun war noch beim Geldautomaten gewesen, und hatte danach Klamm im Hotel abgeholt. Klamm hatte dort noch mit seiner Frau telefoniert. Beide hatten also ein Alibi für die Tatzeit. Ob diese der Wahrheit entsprachen, musste sich erst noch zeigen. Ich begann also nachzubohren.

„Hat Sie jemand am Geldautomaten gesehen?", fragte ich.

Braun zuckte mit den Achseln. „Glaub' nicht! Schon möglich. Aber ich kann Ihnen auf meiner Banking-App zeigen, dass ich 200 Euro abgehoben habe." Er holte sein Smartphone hervor, tippte kurz darauf herum und reichte es mir. Es wog bestimmt ein halbes Kilo, was wohl an der Vergoldung lag. Die Anzeige auf dem Smartphone bestätigte Brauns

Angaben. Die App zeigte sogar die genaue Uhrzeit der Abhebung: acht Uhr dreizehn. Auch der Standort des Geldautomaten passte.

Sein Kompagnon Klamm zwinkerte heftig, als ich mich ihm zuwandte. „Sie haben mit Ihrer Frau telefoniert? Die kann das sicher bestätigen."

Klamm winkte mit beiden Händen ab, als ich mein Handy hervorholte. „Warten Sie! Es war nicht meine Frau." Er zögerte. „Ich hab meine Geliebte angerufen. Die Nummer weiß ich aber nicht auswendig und mein Smartphone liegt noch im Zimmer."

Ich runzelte die Stirn. Das klang nicht sehr überzeugend. Die beiden Teilhaber waren natürlich die Hauptverdächtigen. Ich war mir sicher, dass einer der beiden gelogen hatte. Aber wer? Das herauszubekommen würde wohl noch viele Verhörstunden brauchen, befürchtete ich.

Da ertönte plötzlich eine helle Stimme. „Herr Braun, da sin S' ja!" Es war eine junge Frau mit Schürze, sicherlich eine Hotelangestellte. Sie winkte schon von weitem mit einigen Geldscheinen. „Da sin die zwaahunnert Euro, die ich für Sie am Automaten g'holt hab. Und ihr Kärtla hob i a no."

Braun sah sich panisch um und versuchte zu fliehen, aber er kam nicht weit. Schon nach wenigen Schritten rutschte er mit den glatten Sohlen seiner

Designerschuhe auf dem regennassen Weg aus und setzte sich auf den Hosenboden.

Da war ich auch schon bei ihm, half ihm auf und hielt ihn fest. Er senkte den Kopf. Wasser tropfte aus seinen Haaren. „Wir hatten ein Übernahmeangebot in Millionenhöhe. Borchert wollte nicht verkaufen. Und er hatte die Anteilsmehrheit. Es war keine Zeit mehr zu verlieren. Am Mittag wäre die Frist abgelaufen.“

ABGESTÜRZT

Schloss Herrnsheim bei Worms
Samstag, 20. Januar,
von 15.38 Uhr bis 16.26 Uhr

Genickbruch!", stellte der Pathologe fest. „Der Mann ist sofort tot gewesen."

Das war nicht verwunderlich – bei einem Sturz aus fast fünfzehn Meter Höhe. Ich blickte die gusseiserne Wendeltreppe hinauf, die zu den einzelnen Etagen des Bibliotheksturms von Schloss Herrnsheim führte. Jede Etage war mit Bücherregalen ausgestattet. Der Bibliotheksturm war eine viel besuchte Sehenswürdigkeit in der Schlossanlage. Jetzt, mitten im Januar, war hier aber weniger los.

Der Tote war anscheinend in der obersten Etage über das Geländer gefallen. Ein Unfall – oder war da oben jemand bei ihm gewesen und hatte nachgeholfen?

„Gibt es Anzeichen für einen Kampf?", fragte ich.

Der Arzt schüttelte den Kopf. „Bisher konnte ich nichts entdecken, was darauf hinweist. Aber – hier, das habe ich unter dem Toten gefunden." Der Pathologe reichte mir ein Buch, es war eine alte Goethe-Ausgabe. „Es war noch aufgeschlagen. Er hat wohl vor dem Sturz das Buch oben aus dem Regal genommen und darin gelesen." Ich nahm das Buch und steckte es in die Jackentasche.

Es war höchst unwahrscheinlich, dass der Mann abgestürzt war, weil er zu sehr in seine Lektüre vertieft war. Die Geländer in den Etagen waren hoch genug, um genau solche Unfälle zu verhindern.

Ich erhoffte mir, mehr von dem Ehepaar zu erfahren, das den Toten zuletzt gesehen hatte. Richard und Carola warteten wegen der Kälte in der ehemaligen Orangerie, die zu einem Café umgebaut worden war. Sie hatten im Rahmen eines gemeinsamen Ausflugs mit dem Sturzopfer das Schloss besichtigt.

„Wir saßen nach der Schlossbesichtigung zusammen hier im Café, Herr Kommissar", erzählte die Frau mit erstickter Stimme. „Ich ging dann zurück zum Parkplatz. Ich vermisste mein Smartphone und vermutete es im Wagen." Sie war den Tränen nahe.

Ich blickte zu Richard. Auch er schien sichtlich geschockt von dem Unglück seines Freundes. „Ich blieb auch nicht bei Sven, sondern ging im Schlosspark spazieren."

Also war Sven ab diesem Zeitpunkt allein im Café geblieben. Warum war er dann noch einmal in die Bibliothek gegangen? Langeweile? Oder hatte ihn jemand dorthin gelockt?

Ich ging wieder zurück in den Turm. Dort erkundigte ich mich bei der Spurensicherung nach dem Handy des Toten. Es war noch eingeschaltet, so dass ich kein Passwort brauchte. Was ich dann fand, war höchst interessant.

Sven hatte kurz vor seinem Tod eine SMS bekommen. Sie war von Carola. „Wir müssen reden. Bibliotheksturm, oberste Etage. Love you, Caro."

Carola hatte Sven also in den Bibliotheksturm bestellt. Um ihn dann hinunterzustoßen? Aber warum dann „Love you"? Rätselhaft. Außerdem hatte sie ihr Handy doch angeblich gar nicht bei sich. Ich beschloss, noch einmal bei Carola nachzuhaken. Svens Smartphone steckte ich ein und nahm es mit.

Zurück bei Richard und Carola. „Ist Ihr Handy wieder aufgetaucht?", fragte ich Carola. Sie schüttelte den Kopf.

Ich blickte sie scharf an. „Sind sie sicher, dass Sie zum Parkplatz gegangen sind und nicht doch in die Bibliothek?"

Carolas Augen blitzten mich an. „Freilisch! Glaube Se ich lüg?", entrüstete sie sich.

„Genau das! Sven hat nämlich eine Nachricht von Ihnen bekommen, mit der Sie ihn in die Bibliothek gelockt haben."

Carola wurde erst blass, dann rot. Vehement schüttelte sie den Kopf. „Ich hab Sven keine Nachricht geschickt. Wie denn auch – ohne mein

Handy?"

„Desch is doch alles Blödsinn", meldete sich der Ehemann. „Wir wissen doch alle, dass Sven eine Leseratte war." Er schnaufte aufgeregt. „Er hat doch immer gelesen. Wahrscheinlich auch im Bibliotheksturm. Er hat nicht aufgepasst und ist abgestürzt. Ein Unfall, sonst nichts."

Ich hatte den beiden nichts von dem Buch erzählt, das bei Sven gefunden worden war. Allerdings war die Vermutung naheliegend, dass Sven in der Bibliothek gelesen hatte.

Ich zog Svens Smartphone heraus und ging ein paar Schritte zur Seite, so als hätte ich einen Anruf zu erledigen. Ich fand die Nummer von Carola und tippte auf das grüne Telefonhörerbildchen. Dann drehte ich mich gespannt herum. Es läutete. Und zwar in Richards Hosentasche!

„Wollen Sie nicht ran gehen?", fragte ich und stellte mich neben Richard. Der zog das lärmende Handy aus der Hosentasche.

„Da is ja mei Handy!", rief Carola erstaunt.

Dann wandelte sich ihre Miene in Entsetzen und ich musste sie festhalten, als sie auf ihren Mann losgehen wollte. „Du warscht des!"

„Ja, ich war des!", rief Richard. „Meinscht, ich hab nicht bemerkt, wie du mich heimlich mit ihm betrogen hast. Das sollte ein Ende haben, ein für alle

Mal!"

„Mord aus Eifersucht!", sagte ich.

LADIES NIGHT

Die Gelegenheit war günstig. Nach einem kurzen, aber heftigen Regenguss hatten sich die meisten Besucher des Nürnberger Frühlingsfests in die Festzelte geflüchtet. Der Platz vor dem Stand, wo Käse aus ganz Europa verkauft wurde, war so gut wie leer.

Schorsch blickte kurz zu seinem Komplizen. Manne hatte neben dem Käsestand Aufstellung genommen und nickte Schorsch auffordernd zu. Der ließ sich mit einem lauten Schmerzensschrei genau vor dem Käsestand fallen und krümmte sich am Boden. Wie erwartet eilte die Verkäuferin, die erstaunliche Ähnlichkeit mit Frau Antje aus Holland hatte, hinter ihrer Theke hervor, um Schorsch zu helfen.

„Allmächd", rief sie und beugte sich nach unten. „Was is'n bassierd? Kann ich Ihna irchendwie helfen?"

Schorsch ächzte und stöhnte, zwischendurch linste er zu seinem Komplizen.

„Mei Knie", lamentierte er. „Naa, mei Arm!"

Während sich die Verkäuferin über Schorsch ge-

126

beugt hatte, räumte Manne in Windeseile die Kasse hinter der Verkaufstheke leer. Nachdem er sich bedient hatte, verschwand er in Richtung Festzelt.

„Soll ich die Sanidäder holen?", fragte die Verkäuferin.

Schorsch war plötzlich wieder bewegungsfähig, ergriff die Hand von Frau Antje und zog sich hoch.

„Dankschön! Ned nödich. Etz geht's widda. Tschuldigung, ich hab des öfters." Er klopfte sich noch Jacke und Hose ab, dann war auch er weg. Die Verkäuferin sah im verdutzt hinterher.

Manne erwartete seinen Kumpanen vor dem Bierzelt. „Schnell! Mir such'n uns a ruhige Ecke." Ruhige Ecken gab es allerdings nicht, das Zelt war brechend voll. Und auf den Bänken saßen ausschließlich Frauen. Schorsch kratzte sich am Kopf.

„Ladies Night", sagte Manne. „Heut is für Frauen alles billiger. Und für verkleidete Männer auch!" Das erklärte die Rauschebärte bei einigen der Damen.

Schließlich fanden sie doch noch Platz. Am Nebentisch standen mehrere krummbeinige Dirndlträger auf dem Tisch und grölten „Ruckizucki".

Die beiden Diebe orderten zwei Maß Bier und stießen auf die erfolgreiche Aktion an. Die Stimmung im Festzelt erreichte gerade wieder einen Höhepunkt, als die Blaskapelle auf der Bühne die Besucher mit einem „Oans, zwoa, gsuffa!" zum Trinken

127

aufforderte. Am Nebentisch fielen die Dirndlträger beim Zuprosten fast vom Tisch.

Keiner achtete auf die beiden Ganoven.

„Wieviel?", raunte Schorsch seinem Kumpel zu. Der sortierte enttäuscht einige Scheine. „Net viel, mir hädd'n vielleicht doch den Stand mit die Bradworschdweggla nehma soll'n – hey!" Ein Hund war an Manne hochgesprungen und wedelte freudig mit dem Schwanz. Am Ende der Hundeleine befand sich ein ausgesprochen gut gebautes Frauenzimmer ohne irgendwelche Anzeichen von Gesichtsbehaarung.

„Ich bin die Susi", sagte die Unbekannte mit einem Lächeln und quetschte sich neben Schorsch auf die Sitzbank. „Ihr seid gar net verkleidet?"

„Naa, mir ham ka bassendes Dirndl gfunden." Schorsch linste Susi in den Ausschnitt ihres Dirndls.

Die Schöne wiederum spähte zu dem Bündel Geldscheine in Mannes Hand. Dann deutete sie auf den Hund, der immer noch schwanzwedelnd vor Manne stand. „Der Strolchi kann fei auch Geld zählen!"

Manne schaute ungläubig zu dem kleinen Fox-Terrier hinunter. „Schmarrn! So was gibt's net."

„Doch!" Susi lächelte Manne zuckersüß an. „Beim Zehner bellt er einmal, beim Zwanzger zweimal, und so weiter."

„Glaab i net!" Manne hielt dem Hund zur Probe

einen Zehner hin. Strolchi schnupperte kurz und bellte dann einmal.

Susi zwinkerte Manne zu. „Wenn er alle Scheine richtig erkennt, krieg ich a Maß von euch, abgemacht?"

Manne nickte grinsend. Nacheinander hielt er dem Hund die Scheine vor die Schnauze. Bei dem Fünfziger bellte Strolchi allerdings nur dreimal.

Schorsch lachte hämisch. „Etz hat er sich verzählt. Hat wohl net ganz funktioniert, odder?"

„Doch, hat's!" Susi hielt nun ihrerseits Schorsch einen Zehner unter die Nase. „Riecht nach Käs, gell?" Der Geldschein roch tatsächlich leicht nach Romadur, stellte Schorsch fest.

„Strolchi ist ein Spürhund", fuhr Susi fort und wirkte jetzt gar nicht mehr so bezaubernd. „Vorhin hat er an der leeren Kasse vom Käsestand die Spur aufgenommen, und jetzt bei jedem eurer Geldscheine gebellt."

Sie griff in ihren Ausschnitt und zog einen Dienstausweis der Nürnberger Kripo heraus. „Kriminalkommissarin Susi Dengler. Die Verkäuferin hat vermutet, dass es zwei Komplizen waren. Und weil ihr die einzigen Männer hier seid, die nicht verkleidet sind, steht ja wohl fest, dass ihr die Diebe seid."

DER REMBRANDT-KLAU

Köln-Lövenich
Dienstag, 1. Juli
von 0.28 Uhr bis 1.06 Uhr

Die Seitenstraße in Köln-Lövenich war um diese späte Uhrzeit verlassen – alle schliefen. Außer Peter und Thomas. Die beiden schlichen an den Gartenzäunen entlang auf ein Wohnhaus zu. In ihrer dunklen Kleidung und mit den schwarzen Pudelmützen auf dem Kopf waren sie kaum zu sehen.

Die beiden Gelegenheitsdiebe hatten schon mehrere Einbrüche gemeinsam durchgezogen. Meistens war dabei nicht viel herumgekommen. Die Häuser, in denen wirklich etwas zu holen war, waren einfach zu gut gesichert. Die waren den Profis vorbehalten.

Aber diesmal waren auch Peter und Thomas an einem richtig großen Ding dran.

„Mensch, Pitter, bald sin wir jemachte Leute", flüsterte Thomas. Aus seinem Rucksack ragte ein Brecheisen, das notdürftig in eine Plastiktüte gewickelt war.

„Klaro, Tömmes", antwortete Peter leise. „Für so en Rembrandt-Gemälde kriechste och op dem Schwarzmarkt en schöne Batzen Jeld."

„Und du bist sicher, dat do in dem Haus ne Rembrandt is?"

„Han et doch janz deutlich jehööt!"

Peter hatte die letzten Tage in einem Anwesen in Lövenich die Gartenpflege gemacht. Ein mies bezahlter Job, aber irgendwo musste das Geld ja herkommen. In der letzten Zeit hatte es kaum Gelegenheiten gegeben, anderweitig an Kohle zu kommen. Schlechtes Wetter, keine Urlaubszeit – da blieben die Leute zuhause. Also hatte Peter notgedrungen arbeiten müssen.

Beim Heckenschneiden hatte er mitgekriegt, dass im Nachbarhaus gerade neue Bewohner einzogen. Und er hatte das laut geführte Gespräch des älteren Ehepaares heimlich mitgehört.

Wo denn der olle Rembrandt hin solle, hatte die Frau gefragt. Der Mann hatte geantwortet, dass der erst mal diese Nacht im Wohnzimmer bleiben könne.

Diese Nacht! Das war die einmalige Chance für Peter, endlich mal zu Kohle zu kommen. Die beiden Alten würden zwar auch im Haus sein, aber so laut wie sie geredet hatten, waren sie bestimmt schwerhörig.

Noch am gleichen Tag hatte er das Grundstück unauffällig ausgekundschaftet. Und am Abend dann in seiner Stammkneipe in Köln-Kalk bei einem Glas

Kölsch seinen Kumpel Thomas in seinen Plan eingeweiht. Dann musste alles schnell gehen, denn der Rembrandt war wahrscheinlich nur in dieser Nacht so leicht zu haben.

Als Mitternacht vorbei war, zogen sie los.

Zunächst klappte alles wie am Schnürchen. Ab durch die Hecke und dann flugs über den Rasen zur Verandatür. Peter hatte am Nachmittag keinerlei Anzeichen für eine Alarmanlage entdeckt. Auch ansonsten schien das Gebäude nicht gesichert zu sein. Sie sollten also leichtes Spiel haben.

Thomas zog das Hebeleisen aus seinem Rucksack und stemmte mit geübten Handgriffen die Tür auf. Dabei war kaum etwas zu hören. Peter bereitete inzwischen einen mitgebrachten Bettbezug vor. Darin wollten sie das Gemälde transportieren. Unter Umständen war es recht groß.

Dann waren sie drin! Peter signalisierte seinem Kumpel, hinter ihm zu bleiben. Der gab nur ein zustimmendes Knurren von sich. In dem Raum war es stockfinster. Sie hatten abgemacht, die Taschenlampen nur zu verwenden, wenn es unbedingt nötig war.

Langsam gewöhnten sich Peters Augen an die Dunkelheit und er konnte die schemenhaften Umrisse von herumstehenden Möbeln erkennen. Das Wohnzimmer war noch nicht fertig eingerichtet.

Was die Suche nach dem Gemälde schwieriger als erwartet gestaltete.

„Wo ist denn der vermaledeite Rembrandt?", flüsterte Peter. Thomas gab ein hechelndes Geräusch von sich.

„Tömmes, du Blötschkopp!", schimpfte Peter leise. „Wat jit et da jetzt zu lachen?"

„Ich han jar nicht gelacht", wehrte sich Thomas. „Dat warst doch du!" Dann knurrte er wieder.

Peter wusste, dass sein Kumpane bisweilen reichlich seltsam sein konnte. Aber was sollte dieses Knurren?

„Hör op mit dem Scheiß!", sagte Peter lauter als nötig.

Als Antwort ertönte ein lautes Bellen. Verdammt! Was war da los?

Peter zückte seine Taschenlampe und schaltete sie ein. Der Lichtstrahl fiel genau auf einen sehr betagten, aber auch sehr großen Bernhardiner, der nun noch lauter bellte und knurrte. Zu allem Unglück hatte er sich auch noch in der Verandatür positioniert, so dass eine Flucht in den Garten unmöglich war.

Als Peter einen zaghaften Schritt nach vorne machte, fletschte der Bernhardiner sofort die Zähne und knurrte bösartig. Ab da wagten Peter und Thomas nicht mehr sich zu bewegen.

Im selben Augenblick ging die Deckenlampe an und es ertönte eine Stimme: „Brav, Rembrandt! Schön aufpassen!"

In der Zimmertür stand der Hausbesitzer mit einem Mobiltelefon in der Hand und wählte gerade eine Nummer.

„Die Polizei wird gleich da sein", verkündete er dann zufrieden, während Peter und Thomas immer noch wie erstarrt dastanden.

MAGERE BEUTE

Fränkische Schweiz,
auf einer bewaldeten Anhöhe über dem Trubachtal
Sonntag, 11. April,
von 10.24 Uhr bis 11.18 Uhr

Ausflugsbus in Sicht!", meldete Schorsch seinen beiden Begleitern und stellte das Fernglas schärfer. Von hier oben, auf den Höhen über dem Trubachtal, hatte er einen guten Blick auf die im Tal verlaufende Staatsstraße.

Er und Rocki saßen auf ihren Motorrädern, während Fritz an dem offenen Pritschenwagen lehnte, der ihnen als Tarnung diente. Fritz hatte eine orangefarbene Warnweste an, auf dem Transporter lagen einige Verkehrsschilder. Alles sah so aus, als wäre Fritz Mitarbeiter eines Bautrupps. Und genau das gehörte zum Plan.

Nun kam es darauf an, ob der Bus die schmale Straße zu ihnen hoch kam. Hinter ihnen führte der Weg nach Bieberbach. Die Einwohner dort rühmten sich, den größten Osterbrunnen der Welt zu haben.

„Er biegt ab!" Schorsch hob den Daumen. Jetzt musste es schnell gehen. Zusammen mit seinen Kumpanen lud er das Umleitungsschild von dem Kleintransporter ab. Damit sperrten sie die Straße.

Die Schilder hatten sie sich in der Nacht auf einer anderen Baustelle besorgt. Wenn der Bus eintraf, musste er in eine Sackstraße fahren, die nach einigen hundert Metern in einem Waldstück endete.

„Sobald der Bus durch is, räumst des Schild wieder wech und verschwindest", sagte Schorsch zu seinem Kumpel am Pritschenwagen. Fritz nickte, spuckte aus und nahm seine Position vor dem Umleitungsschild ein.

Schorsch hebelte sein Motorrad an und winkte Rocki, ihm zu folgen. Dann brausten die beiden in Richtung Wald davon. Dort wollten sie den Bus erwarten – um abzukassieren. Zur Osterzeit besuchten zahlreiche Touristen die mit bunten Eiern geschmückten Brunnen in der Fränkischen Schweiz. In den Ausflugsbussen saßen fast immer gut betuchte Rentner. Nach dem Ausflug ließen sie dann ihr Geld in einem der vielen Landgasthöfe der Fränkischen Schweiz. Das Räubertrio wollte diesen Geldsegen in seine eigenen Taschen umleiten und rechnete mit einer fetten Beute.

Wenige Augenblicke später waren Schorsch und Rocki in dem Waldstück angekommen. Schorsch war der Kopf der Bande. Er machte die Pläne und übernahm die Organisation. Seine Kumpanen nannten ihn deshalb scherzhaft „Hirni", was Schorsch aber gar nicht gern hörte.

Jetzt beobachtete er durch das Fernglas seinen Komplizen an der Absperrung. In der orangefarbenen Warnweste sah Fritz wie ein ganz normaler Straßenarbeiter aus. Da tuckerte auch schon der Reisebus heran. Als er sich der Absperrung näherte, winkte Fritz den Bus in das Flursträßchen. Super! Zufrieden senkte Schorsch das Fernglas. Alles lief nach Plan!

Schorsch und Rocki schoben die Motorräder hinter einen Strauch und legten sich dort auf die Lauer. Die Motorradhelme ließen sie auf den Köpfen, schließlich wollten sie nicht erkannt werden.

Schorsch zog schon mal seine Waffe. Es war zwar nur eine Gaspistole, aber sie sah täuschend echt aus. Zum Angst machen reichte sie auf jeden Fall. Dann war der Bus da. Die Flurstraße endete mitten unter den Bäumen, so dass der Bus nicht so einfach wieder wegfahren konnte. Also blieb er, wie erwartet, einfach stehen. Das war das Signal für Schorsch und Rocki.

Die Räuber sprangen hinter dem Strauch hervor. Schorsch fuchtelte mit der Pistole herum und gab dem Busfahrer zu verstehen, dass er die Tür öffnen sollte. Dann stürmten sie den Bus.

„Des is ein Überfall!", brüllte Schorsch. „Geldbörsen, Uhren und Wertgechenstände abgeben." Rocki zog inzwischen eine Plastiktüte aus seiner Lederjacke. Die alten Leute in dem Bus reagierten aber nicht so, wie Schorsch es erwartet hatte. Einige nickten ihm freundlich zu, während andere an ihren Hörgeräten drehten. Wieder andere schliefen einfach weiter. Schorsch fiel auf, dass die meisten nur einfache, teilweise schon recht abgetragene Strickwesten anhatten.

Die schienen ihn nicht verstanden zu haben. Mit grimmiger Miene schnappte er sich das Mikrofon und befahl dem erstaunlich gelassen wirkenden Busfahrer, die Lautsprecher einzuschalten. Dann wiederholte er seinen Aufruf. Jetzt wurden endlich einige Stimmen laut.

„Wos hadder gsacht?"

„Allmächd, g'hört des auch zum Programm?"

„Die sammeln wohl für die Flugrettung, so wie die ausschaua."

„Gibt's jetzt bald den Schweinebraten?"

Der Busfahrer grinste Schorsch an. „Leut, da habt ihr euch den verkehrten Bus rausg'sucht. Des hier is a Wohltätigkeitsausflug von der Altenhilfe Nürnberg für mittellose Senioren. Die meisten ham net mal an Geldbeutel dabei."

BRUDER MORD

Bischofsheim a.d. Rhön,
Kloster Kreuzberg
Samstag, 20.März,
von 9.24 Uhr bis 10.07 Uhr

Ich hatte ein paar Tage Urlaub und verbrachte sie im Kloster Kreuzberg bei Bischofsheim in der Rhön. Dort wurden alljährlich zur Fastenzeit die sogenannten Einkehrtage angeboten. Ich versprach mir etwas Ablenkung vom Alltag als Kriminalkommissar, sowohl in Form der inneren Einkehr, als auch durch die abendliche Einkehr im Bräustüberl des Klosters. Die Mönche brauten wirklich ein hervorragendes Bier.

Es war noch am Vormittag. Ich wollte gerade im Hof des Klosters die ersten warmen Strahlen der Märzsonne genießen, als mich lautes Poltern und ein Schrei aufschreckten. Ich rannte zum Lagerkeller der klostereigenen Brauerei, aus dem das Getöse gedrungen war. Von einer Empore waren mehrere Hundertliterfässer Bier gefallen und bildeten auf dem Steinboden einen ansehnlichen Haufen. Unter diesem Haufen lugte eine Mönchskutte hervor.

Als ich die Fässer beiseite geräumt hatte, erkannte ich Bruder Ignatius, den Braumeister. Er war schwer

139

verletzt, aber bei Bewusstsein.

„Absicht … es war … Bruder …" Das war alles, was Ignatius noch herausbrachte, denn gleich darauf war er tot. Ich hatte nichts mehr für ihn tun können.

Ein Mord! Oder zumindest Totschlag! Dabei hatte ich gehofft, hier bei den Einkehrtagen im Kloster ein wenig Ruhe vor der Verbrecherwelt zu haben.

Bruder Ignatius hatte ich als einen schweigsamen, ernsthaften Mann kennengelernt, der irgendwie traurig auf mich wirkte. Ich hatte am gestrigen Abend erfahren, dass sein Vater kürzlich verstorben war.

Inzwischen waren die wenigen Ordensbrüder, die noch im Kloster wohnten, herbeigeeilt. Nach den letzten Worten des Opfers war ich mir ziemlich sicher, dass einer von ihnen der Übeltäter war.

Nach und nach versammelten sich auch die anderen Besucher der Einkehrtage um mich und den toten Braumeister. Alle sahen mich mit großen Augen an, wobei sich die Mönche ausgiebig bekreuzigten. Keiner sagte ein Wort. Es war deutlich, dass sie wohl dachten, ich hätte etwas mit dem Tod des Braumeisters zu tun. Als ich auf sie zuging, wichen sie erschrocken zurück.

Ich zog meine Dienstmarke hervor.

„Pfister, Kriminalkommissariat Bayreuth!", beruhigte ich die Leute. Das löste die Spannung ein wenig. Die Männer begannen zu tuscheln und fragende

Blicke richteten sich auf mich.

„Des war doch bestimmt a Unfall, odder?", fragte einer. Er trug eine Sonnenbrille und war anscheinend auch ein Gast bei den Einkehrtagen.

„Es war kein Unfall", erwiderte ich. „Sondern Mord!"

Ein Raunen ging durch die Gruppe. Ein junger Mönch meldete sich zu Wort.

„Ein trauriges Schicksal, das Bruder Ignatius da getroffen hat. Vor einigen Wochen erst ist sein Vater gestorben, und jetzt das ..." sagte er kopfschüttelnd. „Wie gut, dass wir gleich einen Kommissar hier haben. Aber warum sind Sie so sicher, dass Bruder Ignatius umgebracht wurde. Hat er noch etwas gesagt?"

„Ja, das hat er", antwortete ich und blickte den Ordensbruder scharf an. „Er hat mir gesagt, dass einer der Brüder die Fässer auf ihn fallen ließ!"

Die Mönche starrten erst mich an, dann sich gegenseitig, um schließlich eine neue Bekreuzigungsrunde zu beginnen. Der junge Mönch wandte sich wieder an mich. „Herr Kommissar. Trotz der traurigen Umstände, wir müssen in die Kapelle zum Gebet. Es ist Zeit für die Terz."

Das konnte ich natürlich unter keinen Umständen erlauben. Jeder der Glaubensbrüder war dringend tatverdächtig.

„Die müssen Sie alle gleich festnehma", forderte der Mann mit der Sonnenbrille. „Unglaablich … Mit fünf Fässer Märzenbier von die eigena Mitmönch ermordet. Naa, naa, naa." Er schüttelte immer wieder den Kopf.

Ich sah mir den Mann genauer an – irgendjemandem sah er verblüffend ähnlich, ich kam nur nicht sofort darauf, wem.

„Wir hatten keinen Grund, ihm etwas anzutun." Der Nachwuchsmönch übernahm die Verteidigung der Ordensbrüder. „Im Gegenteil. Er war Alleinerbe und das Vermögen seines Vaters wäre in Gänze dem Orden zu Gute gekommen. Mit seinem Tod ist das jetzt fraglich geworden."

Der Mann mit der Sonnenbrille hatte es plötzlich eilig. „Ich fahr jetz, ka Minutn länger bleib ich noch da!"

„Stopp!", bestimmte ich. „Ich brauche jeden als Zeugen und vor allem …" Ich stellte mich in die Tür. „… werde ich den Täter nicht laufen lassen." Der Mann mit der Sonnenbrille wollte an mir vorbei, aber ich hielt ihn fest.

„Woher wussten Sie, welches Bier in den Fässern war?" Ich zupfte ihm die Brille von der Nase, denn jetzt war mir auch eingefallen, an wen er mich erinnerte. „Ich wette, wenn ich Ihren Ausweis ansehe, wird sich herausstellen, dass Sie der Bruder des Ermordeten sind. Sie haben ihn umgebracht, um so doch noch an das Erbe ihres Vaters zu kommen!"

MIT FLINTE UND ZYLINDER

Bönnigheim,
Altstadt und Schlossplatz
Sonntag, 4.Juli,
von 14.12 Uhr bis 14.56 Uhr

Es regnete schon den ganzen Tag ohne Pause. Trotzdem wollten Bärbel und Helmut ihren Kurzurlaub in Bönnigheim mit einem Besuch des nahe gelegenen Erlebnisparks Tripsdrill krönen. Deswegen harrten die Berliner Eheleute tapfer unter ihren Regenschirmen an der Bushaltestelle aus. Der Bus wollte aber einfach nicht kommen.

Gerade studierten sie zum wiederholten Male den Fahrplan, da hörten sie laut und deutlich eine Stimme: „Heut hat des letschte Stündle vom Bürchemeister geschlache." Es folgte ein heiseres Lachen.

Bärbel und Helmut drehten wie auf Kommando die Köpfe und linsten durch die Hecke, die die Bushaltestelle von dem Parkplatz dahinter trennte.

Sie sahen zwei Gestalten in Regencapes neben einem Geländewagen. Der eine, ein finster blickender Geselle mit einem gewaltigen Schnurrbart, öffnete gerade die Hecktür und beförderte einen länglichen Gegenstand heraus, der in einem Stofffutteral steckte.

Bärbel stieß ihren Mann mit dem Ellbogen an. „Mensch, Helmut! Det is doch ´n Jewehr!"

Waren sie hier Zeugen eines geplanten Attentats? Sie sahen sich an und nickten beide. Das hier war auf jeden Fall spannender als Tripsdrill! Außerdem kam der Bus wahrscheinlich sowieso nicht mehr. Also machten sie sich an die Verfolgung der Mordbuben.

Die Attentäter schienen sich erstaunlich sicher zu fühlen. Sie schwatzten und lachten, als befänden sie sich auf einem gemütlichen Sonntagsspaziergang. Bärbel gruselte es vor soviel Kaltschnäuzigkeit.

In sicherem Abstand schlich das Ehepaar den Männern in die Altstadt hinterher, die Regenschirme immer dicht über den Köpfen. Der Regen ging allmählich in ein leichtes Nieseln über, außer ihnen waren keine Leute auf den historischen Gässchen unterwegs.

Als sie die Schlossergasse passiert hatten, blieb der Kerl mit der Waffe an der Straßenecke zum Schlossplatz schließlich stehen. Er schlüpfte aus dem Regencape. Bärbel wunderte sich über die altertümliche Kleidung, die darunter zum Vorschein kam. Dann zog er eine uralte Flinte aus dem Futteral.

Bärbel fühlte einen Anflug von Mitleid. Die Gauner auf dem Land waren ganz schön arme Schlucker. Wenn sie da an die Berliner Gangster dachte, die waren sicherlich viel besser ausgerüstet.

Bärbel und Helmut postierten sich in einem Hauseingang und drückten sich gegen die Tür. Von hier aus konnten sie alles gut beobachten. Vor ihnen lag der Schlossplatz. Dort war jetzt der Bürgermeister zu sehen. Bärbel erkannte ihn gleich an dem Zylinder. Eine ungewöhnliche Kopfbedeckung, aber sie waren hier ja schließlich in der Provinz. Außerdem hatte sie den Eindruck, dass sich in der Nähe noch mehr Leute befanden. Irgendwo sang sogar jemand ein Lied, er hörte sich an wie ein Bänkelsänger.

Und keiner ahnt etwas von dem drohenden Urteil, dachte Bärbel. Irgendjemand musste doch etwas unternehmen. Es konnte doch niemand von einem Rentnerehepaar verlangen, sich mit bewaffneten Ganoven anzulegen.

Jetzt bewegte sich der Schütze aus seinem Hinterhalt. Bärbel traute ihren Augen nicht. Der ging doch geradewegs mit angeschlagenem Gewehr auf den freien Platz hinaus und zielte auf den Mann mit dem Zylinder. Anscheinend störte es ihn überhaupt nicht, dass er von allen Seiten beobachtet werden konnte. Das war ja schlimmer wie im Wilden Westen.

Sie sah mit großen Augen zu ihrem Mann Helmut, der seinen Regenschirm mit beiden Händen umklammerte. Gerade wollte sie einen lauten Warnruf von sich geben, als sich eine Männerhand schwer auf ihre Schulter legte. Erschrocken drehte Bärbel sich um.

Hinter ihr stand der Komplize des Schützen und funkelte sie beide unter der Kapuze seines Regencapes böse an. „Bei uns heischt's: Erscht zahle, dann gugge! Desch macht fünf Euro pro neugierische Nas!"

„Aber der Bürgermeister." Bärbel sah zum Schlossplatz hinüber. Mit einem Knall und viel Qualm löste sich jetzt der Schuss und der Mann mit dem Zylinder brach zusammen. Bärbel schlug die Hände vors Gesicht.

Den Mann im Regencape ließ das allerdings völlig kalt. „Ha noi, der isch scho vor über hundertfünfzig Jahr derschossen worde. Aber die Stadtführung isch trotzdem net koschtelos."

Der Bursche drückte Bärbel einen Flyer in die Hand: Mord am Bürgermeister 1835. Szenische Stadtführung durch Bönnigheim mit Musikbegleitung.

Wortlos holte Bärbel ihren Geldbeutel heraus und holte zwei Scheine heraus. Immerhin war das der spannendste Stadtrundgang gewesen, den sie je erlebt hatte.

HINTER SCHLOSS UND RIEGEL

München,
im Gärtnerplatzviertel
Mittwoch, 14. Juli,
von 1.38 Uhr bis 2.46 Uhr

O is Geld do nei! Sonst knallt's, aber g'scheit!" Lucki, mit Sonnenbrille und Baseballkappe getarnt, warf dem Kassierer eine Plastiktüte über die Tankstellentheke hin. Dabei fuchtelte er mit seiner Waffe herum. Das sollte zum einen bedrohlich wirken, zum anderen wollte er so verhindern, dass der Kassierer die Pistole genau ansehen konnte. Er hoffte, dass das Muskelpaket hinter der Kasse nicht erkennen würde, dass es sich nur um eine Plastikpistole handelte.

Leider war seine Hoffnung umsonst. Der Muskelprotz grinste nur hämisch, stand auf und krempelte die Hemdsärmel hoch. „Wen willst denn mit dem Spielzeich erschrecka?"

Der Kassierer baute sich jetzt zu seiner ganzen beeindruckenden Körpergröße auf und schnaubte böse. „Wart, i werd dir helfa!"

Lucki stand plötzlich der Schweiß auf der Stirn. Als er die Tanke betreten hatte, war ihm der Mann an der Kasse gar nicht so groß vorgekommen. Jetzt musste Lucki erkennen, dass dieser Schrank von einem Mann da noch auf seinem Stuhl gesessen hatte.

Lucki schluckte, dann drehte er sich um und rannte in Richtung Ausgang. Die automatische Glastür bremste ihn kurz aus, aber dann war er draußen. Als er sich umdrehte, sah er, wie der Kassierer über die Verkaufstheke flankte und sich mit einer wuchtigen Taschenlampe bewaffnete. Lucki wagte nicht, sich vorzustellen, was das Monster mit ihm anstellen würde, wenn es ihn erwischte.

Nichts wie weg, hieß es da. Gehetzt sah sich Lucki um. Rechts ging es über die Baaderstraße in Richtung Gärtnerplatz, links lag das Parkhaus zum Isartor. Kurzentschlossen rannte er in Richtung Parkhaus los. Da er nicht wusste, wie es um die Kondition seines Verfolgers stand, am besten, sich schnell irgendwo zu verstecken.

„Bleib stehn, du Haderlump!", hörte er den Kassierer brüllen. Zum Glück war es schon weit nach Mitternacht. Es war niemand unterwegs, der den Verfolger unterstützen konnte.

Beim Parkhaus angelangt, riss Lucki die Metalltür zum Treppenhaus auf und hetzte die Treppen hinauf. Keine zehn Sekunden später hörte er die Tür wieder knallen.

„I kriag diii!", hallte es bedrohlich durchs Treppenhaus.

Lucki schaffte drei Stockwerke nach oben, dann ging ihm die Puste aus. Keuchend zog er die Tür zum Parkdeck auf. Vorsichtig drückte er sie wieder zu, um kein Geräusch zu verursachen.

Schnaufend rannte er weiter. In der Dunkelheit erkannte er mehrere parkende Autos. Da hörte er auch schon wieder die Metalltür knallen. Schnell duckte er sich zwischen zwei Autos. Er versuchte weniger laut zu keuchen und unterdrückte erfolgreich einen Hustenanfall.

Dann war es still. Nein – nicht ganz! Lucki hörte schwere Schritte. Der Muskelprotz wog bestimmt über hundert Kilo, da war Schleichen nur bedingt möglich. Die Schritte kamen näher. Lucki hielt die Luft an. Dann ein Klicken. Der Lichtkegel der Taschenlampe bewegte sich immer wieder gefährlich nah an Luckis Versteck vorbei.

Was tun? Er steckte hier zwischen zwei Autos und konnte nicht weg, ohne dass er entdeckt wurde. Aber vielleicht gab es da eine Möglichkeit. Er tastete sich an der Beifahrertür des Wagens neben ihm nach oben, bis er den Türgriff spürte. Dann zog er an dem Riegel. Was für ein Glück! Mit einem leisen Klicken sprang die Tür einen Spalt auf. Behutsam öffnete er sie so weit, dass er ins Wageninnere kriechen konnte. Mit zusammengebissenen Zähnen zog er die

Tür wieder zu. Das Schloss rastete fast lautlos ein, gleichzeitig ertönte ein leises Summen. Im Fußraum kauernd wartete Lucki ab. Schritte kamen näher und entfernten sich wieder. Kurze Zeit später wieder das Knallen der Metalltür.

Lucki atmete auf. Jetzt aber schnell weg. Er richtete sich auf, zog den Hebel und wollte die Tür aufdrücken. Es ging nicht! Was war da los?

Dann fiel es ihm ein. Das leise Summen! Er musste irgendwie die Zentralverriegelung ausgelöst haben. Sofort spürte er Panik in sich aufsteigen. Es gab nichts Schlimmeres für ihn als eingesperrt zu sein. Lucki begann zu toben. Er versuchte sogar mit den Schuhen die Windschutzscheibe einzudrücken. Keine Chance! Er saß hier fest.

Als er zum wiederholten Male an der Tür rüttelte, wurde er plötzlich von einer Taschenlampe geblendet. Es war der Kassierer – und er hatte die Polizei mitgebracht.

Harald M. Landgraf:
Der Lebkuchenmörder
ISBN 9-783-7526-4135-6
152 Seiten € 6,99
E-Book Kindle € 2,95